OS FAN TAS MAS

OS FANTASMAS

CÉSAR AIRA

Tradução
JOCA WOLFF

Rocco

Título original
LOS FANTASMAS

EDITORA ROCCO LTDA.
Av. Presidente Wilson, 231 – 8º andar
20030-021 – Rio de Janeiro – RJ
Tel.: (21) 3525-2000 – Fax: (21) 3525-2001
rocco@rocco.com.br
www.rocco.com.br

Printed in Brazil/Impresso no Brasil

Revisão técnica
LUZ ADRIANA SÁNCHEZ SEGURA
BAIRON OSWALDO VÉLEZ ESCALLÓN

CIP-Brasil. Catalogação na fonte.
Sindicato Nacional dos Editores de Livros, RJ.

A254f

Aira, César, 1949-
Os fantasmas / César Aira; tradução de Joca Wolff. – 1ª ed.
– Rio de Janeiro: Rocco, 2017.

Tradução de: Los fantasmas
ISBN 978-85-325-3049-3

1. Romance argentino. I. Wolff, Joca. II. Título.

16-36981 CDD–868.99323
CDU–821.134.2(82)-3

O texto deste livro obedece às normas do
Acordo Ortográfico da Língua Portuguesa.

No dia 31 de dezembro, pela manhã, o casal Pagalday visitou o andar, já de sua propriedade, na obra da rua José Bonifacio 2161, em companhia de Bartolo Sacristán Olmedo, o paisagista que tinham contratado para dispor as plantas nas duas amplas sacadas do apartamento, frente e fundos. Subiram pela escada coberta de escombros até o nível da metade da estrutura: o andar que tinham adquirido era o terceiro. O edifício era dividido em andares inteiros. Além dos Pagalday, só havia mais seis proprietários, todos os quais se apresentaram nessa manhã, a última do ano, para verificar os progressos da construção. Os pedreiros se agitavam visivelmente. Pelas onze, era um caos de gente. Para dizer a verdade, era a data em que, segundo os contratos, deviam entregar os sete andares terminados; mas, como costuma acontecer, houve um atraso. Félix Tello, o arquiteto da empresa construtora, subiu e desceu cinquenta vezes atendendo as inquietudes dos coproprietários, quase todos acompanhados: o que não trazia o tapeceiro para medir o chão, trazia o carpinteiro, ou o ceramista, ou a decoradora. Sacristán Olmedo falava das palmeiras-anãs que formariam filas nas sacadas, enquanto as crianças Pagalday corriam pelos quartos sem soalhos nem portas nem janelas. Estavam colocando os aparelhos de ar-condicionado, antes dos elevadores, que esperavam turno para depois do feriado. No momento utilizavam as aberturas para içar materiais. Com saltos altíssimos, as senhoras subiam pela escada empoeirada e cheia de entulhos; como ainda não foram colocados os corrimões, deviam ser especialmente cautelosas. O primeiro nível subterrâneo era o das garagens, comunicado com a calçada por uma rampa ainda desprovida do seu piso especial antideslizante. O segundo, as despensas ou depósitos. Em cima do sexto andar, a piscina térmica e o salão de jogos, com um amplo panorama de tetos e ruas. E o apartamento do porteiro, o qual, ainda que estivesse tão incompleto quanto o resto da obra, já abrigava, fazia meses, uma família, a do zelador Raúl Viñas, um pedreiro chileno de total confiança, embora tivesse se revelado um tremendo beberrão. O calor era sobrenatural. Debruçar-se ali de cima, perigoso. Faltavam os vidros que cercariam todo o terraço. Os visitantes mantiveram as crianças longe das beiradas. É certo que os ambientes em construção parecem menores do que serão uma vez que forem colocadas as janelas, as portas e os pisos. Isso todo mundo sabe; no entanto, também pareciam maiores. Domingo Fresno, o arquiteto que faria a decoração do segundo, passeava inquieto por esse extenso labirinto, como sobre as areias de um páramo. Tello tinha feito mais ou menos bem o seu trabalho. O edifício ao menos se sustentava sobre suas fundações; também poderia ter se derretido como um sorvete sob o sol. Do primeiro não tinha vindo ninguém. No quarto, os Kahn, um casal um pouco mais velho com duas filhas jovens, estavam acompanhados pela decoradora, a extraordinária Elida Gramajo, que fazia cálculos de cortinados em voz alta. Todos os detalhes deviam ser levados em conta. A exposição de cada detalhe requeria que se medisse o seu espaço próprio e o circundante. Cada milímetro das três dimensões dessa grande jaula de concreto era medido em sequência. Uma dama vestida de violeta se esfalfava na escada entre o quinto e o sexto. Outros não precisavam se dar ao trabalho: subiam e desciam flutuando, inclusive através das paredes. O atraso que havia ocorrido não incomodava os donos, e não só porque na entrega se devia completar o pagamento das unidades; é que preferiam dispor de um pouco de tempo extra para providenciar as preliminares de mobiliário e conforto. As medições expandiam o espaço ilusoriamente diminuído; do mesmo modo se expandia o lapso da mudança. Além disso, teria sido violento tomar posse justamente no dia do fim de ano. No quinto andar, Dorotea e Josefina Itúrbide Sansó, duas meninas de cinco e três anos, levantavam pó de cal com os seus pezinhos calçados em sandálias, enquanto os pais conversavam tranquilamente com Félix Tello. Este último desculpou-se a fim de cumprimentar a dama de violeta e a acompanhou ao andar superior. Houve cumprimentos com os Kahn, que desciam do salão de festas. Enquanto isso os Pagalday debruçavam-se na sacada da rua Bonifacio, à altura dos grandes plátanos. Ainda que não tivessem as grades protetoras, as sacadas de balaustradas altas eram o lugar mais seguro no momento para as crianças. Havia uma grande puerilidade nessa manhã. Tudo era das crianças. À expansão provocada pelas medidas, e o sentimento de contração próprio ao perigo, se superpunha o mundo infantil. O universo real se mede em milímetros, e é gigantesco. Onde há crianças, há sempre uma mediação nas dimensões. Os decoradores eram artesãos de miniaturas. Além do mais, essa gente abonada e esse negócio suculento tinham ambos por objeto a comodidade das crianças, sem as quais os seus pais teriam preferido viver em hotéis. Horríveis e seminus, os pedreiros iam e vinham entre eles. A fronteira entre pobres e ricos, entre seres humanos e bestas, era um risco temporal; onde agora estavam uns, dentro de um tempo estariam os outros; o 31, a despeito do seu simbolismo, aludia com crua obviedade a esta situação. Que os pobres também tinham direito de ser felizes, e que inclusive podiam sê-lo, é outra verdade incontestável. Entre as quantidades grandes e pequenas de dinheiro, o mediador é o uso, e mais ainda a diversidade de usuários; a posse, por outro lado, é tão momentânea quanto a conjunção que havia se dado na obra nessa manhã. Fresno propunha-se a colocar tantas plantas dentro quanto Sacristán Olmedo fora. Em certo sentido, todos eles eram paisagistas. E mais, nessa ocasião tudo era exterior. O edifício estaria terminado quando tudo se tornasse interior. Um pequeno universo íntimo e blindado. O próprio Félix Tello se apagaria como uma nuvenzinha de pó soprada pela passagem dos anos. As crianças cresceriam aqui, ao menos por um tempo. A família do térreo, de sobrenome López, tinha filhos pequenos, e se achava no pátio quadrado do fundo, já ladrilhado, vermelho. Os do segundo, que chegaram ao meio-dia, eram os pais da dama de violeta, que viveria no sexto: vieram com os filhos dela. Era difícil que pudesse haver mais crianças; cada um deles teria a sua paisagem privada, um em cima do outro. A Gramajo tinha passado três horas tomando notas, anotando números que tirava do espaço. A senhora de Itúrbide disse ter visto um monstro horrível, gordo como um lutador de sumô. Era um santiaguino. Pelo buraco do elevador subia uma plataforma com baldes, puxada por um motorzinho. Por volta de uma, quando se retiravam, houve uma improvisada reunião no térreo, onde estava mais fresco. Do último andar se via o pátio da delegacia, que ficava na esquina, na rua Bonorino. Um cavalheiro idoso, o carpinteiro dos López, tinha tomado medidas de várias paredes para construir bibliotecas e armários. Dada a modalidade de aquisição adiantada, todos tinham preferido fazer os armários ao seu gosto. A construtora havia proposto uma empresa de carpintaria que terminou se encarregando de quatro dos andares: as suas oficinas receberiam as ordens diretamente dos decoradores. Abaixo, enquanto os pais conversavam, vários pequenos observavam os peões enchendo de escombros uma grande tremonha de metal na rua; subiam os carrinhos de mão por uma prancha inclinada que atravessava a calçada; as senhoras que vinham com os carrinhos carregados do supermercado da esquina, para a comilança da noite, tinham de passar pela rua, manobra que executavam a contragosto. Domingo Fresno conversava com um jovem arquiteto de barba, conhecido seu, que faria a decoração do sexto. Ocorria que o seu momento de entrar em ação se aproximava vertiginosamente: ainda que a obra tivesse todo o aspecto de incompleta e precária, com tanto entulho e espaços abertos, qualquer dia destes estaria terminada. Elida Gramajo, que já havia se retirado, pensava o mesmo. Menos conscientes, os proprietários pensavam outra coisa. Mas eram eles que deveriam ter visto se desvanecer no ar, como balões que rebentam sem ruído, e sem deixar rastros, os pedreiros. Os eletricistas deixaram de trabalhar à uma em ponto e se foram. Tello conversou um momento com o chefe do grupo e depois foram examinar os projetos, com os quais se entretiveram um bom quarto de hora. A passagem dos cabos era feita muito rápido, e as tomadas e tudo o mais podia ficar pronto em uma tarde. Os pais da senhora de violeta subiram com as crianças para ver o salão superior e a piscina; esta tinha já o seu revestimento de pequenos azulejos celestes. Uma mulher magérrima e malvestida pendurava roupa em uma corda, no que seria o pátio do apartamento do porteiro. Era Elisa Vicuña, a mulher do zelador. Os visitantes ergueram a vista para a forma estranha e irregular do tanque de água que coroava o edifício, com a grande antena parabólica que alimentaria as imagens televisivas de todos os andares. Na extremidade desta antena, uma borda fina de metal em que não teria se atrevido a pousar um pássaro, estavam sentados três homens inteiramente nus, com o rosto voltado para o sol do meio-dia; é claro que ninguém os viu. No terceiro, os Pagalday folheavam uma grande pasta oblonga escutando as explicações de Sacristán Olmedo. As crianças quiseram opinar também. O que elas queriam em geral era olhar das sacadas: viessem de onde viessem, tinham como diversão uma diferença de altura que as encantava; mesmo que se mudassem de um terceiro andar para um terceiro andar, havia diferença. O que se via das alturas era diferente. As crianças tinham ideias bizarras, às vezes ilógicas, sobre o lugar em que estavam. Voltavam a borboletear pelos quartos cujos pisos ainda eram a superfície de cimento. A luz entrava até a última fresta. Era como se estivessem em pradarias compartimentadas, postas a certa altura. Tinha razão Félix Tello quando disse a uma família que ia embora, depois das mútuas congratulações e augúrios da data, que "confiava que seriam felizes na sua nova casa".

Os coproprietários faziam a sua própria ideia antecipada da felicidade; viam-na envolta em uma demora que os tornava felizes desde já, uma certa lentidão de desenvolvimento. Não acreditavam, em uma palavra, que as coisas fossem suceder como eram anunciadas, quer dizer, de repente. Preferiam pensar em um suave declive dos acontecimentos; assim havia sido desde que pagaram a primeira cota que os fez donos dos andares, um ano atrás. Por que iriam mudar agora? Só porque o ano tocava o seu fim? É certo, sabiam que haveria uma mudança, mas no último momento, para além de todos os momentos intermediários. Não seria hoje nem amanhã, nem em nenhum dia que se pudesse determinar de antemão. No espectro do acontecer, como no da percepção, há um umbral. Mas esse umbral está onde está, e não em outro lugar. Atinham-se ao ano, não ao fim de ano.

Demais é dizê-lo, tinham razão, a despeito de tudo e de todos, a despeito da razão mesma.

A unidade do ano e o momento eram como a propriedade do edifício. Cada qual era dono do seu andar, e da sua garagem e depósito, de acordo, e de nada mais: era só o que podiam vender. Mas, ao mesmo tempo, eram donos de todo o edifício. Esta é a chave da propriedade horizontal.

Sobre o ângulo da borda superior da tremonha, na rua, estava de pé, imóvel, um pedreiro, um jovem chamado Juan José Martínez, com um balde vazio na mão. Estava distraído olhando algo que tinha ocorrido na esquina. Não havia nada de especial, nem na esquina nem nele. Um sujeito qualquer, sobre o qual o olhar podia resvalar um segundo. Vários o viram, mas só pela sua posição ali em cima, em que se manteve imóvel, olhando para a esquina, por essa fútil paixão infantil (era muito jovem) de se manter em equilíbrio em um lugar alto onde não havia mais ninguém. A única coisa especial estava nessa imobilidade, ainda que momentânea, em alguém que estava trabalhando. Era como deter o próprio movimento, mas sem detê-lo porque nesses mesmos instantes continuava ganhando salário. Do mesmo modo, a estátua feita por um grande mestre, quieta como está, segue aumentando o seu preço. Era uma confirmação do leve absurdo de tudo. Os que o olharam, tão distraídos quanto ele ao contemplar alguma coisa a certa distância, sabiam que incorporavam, para futuros momentos de devaneio, uma poética reflexão sobre a eternidade, sobre o além em que se situavam as promessas.

O pior é que mentem, dizia Félix Tello nesse momento, com um amplo sorriso que desmentia qualquer preocupação de sua parte. As palavras do arquiteto eram recebidas com grande atenção. É algo bastante comum, essa atenção, quando se menciona que outro mente. Referia-se aos pedreiros e, por extensão, ao proletariado em geral. Mentem, mentem e mentem. Até quando dizem a verdade. Entusiásticas sacudidas de cabeça em sentido vertical, assentindo. Félix Tello era um profissional surgido da classe média. A partir de certo ponto na sua carreira, havia começado a conviver quase exclusivamente com duas faixas sociais muito afastadas entre si: os extraordinariamente ricos que compravam unidades nos seus sofisticados edifícios, e os pobríssimos pedreiros que os construíam. Tinha descoberto que ambas as classes se pareciam em muitas coisas, e muito especialmente em sua completa ausência de delicadeza quando se tratava do dinheiro. Nesse aspecto eram decalques exatos. Os muito pobres, e os muito ricos, consideram natural tratar de tirar um máximo proveito de quem têm à frente. Esse escrúpulo da classe média, que ele reconhecia tão bem porque era o seu, de deixar uma margem entre o máximo que se podia obter e o que se exigia, esse "colchão" de cortesia fantasmal, eles não o conheciam. Mas em absoluto. Nem lhes ocorria. De tanto alternar com uns e outros, e sendo um homem inteligente e adaptável, se é que as duas coisas não significam o mesmo, tinha aprendido a se virar com aceitável eficácia. Tirava partido da perfeita armadilha que eles tinham estendido entre si. Ele, de sua parte, uma vez assegurada a sua mais que decorosa subsistência, só o que pretendia era viver em paz. Só o que o surpreendia, quando lhes dizia com cara de estúpido as suas grandes verdades mútuas, era a sincera perplexidade que os embargava. Era como o seu romance favorito, *L'Assommoir*, quando a heroína, Gervaise, deixa de amortizar a sua dívida com os Goujet: "Desde o mês seguinte, não lhes pagou um centavo", e em pouco tempo inclusive começa a cobrar pelo trabalho que lhes faz. Que rude golpe para o leitor burguês! Como é possível que essa mulher boa, honesta, trabalhadora, não pague o que deve? Ah, sim? E por que pagaria, se não tinha outra obrigação além da moral? Mas e a delicadeza? Não, isso não importava o mínimo, já que era pobre e tinha um marido bêbado e tudo mais. Que gênio, o Zola! (Mas com esta expressão, que Tello pronunciava interiormente unindo as mãos e erguendo os olhos para o céu, com uma expressão de "nem a mim teria ocorrido", confessava sem querer que ele era cinquenta mil vezes mais burguês do que os que se escandalizavam com a conduta da bonita passadeira coxa.)

Os casais que tinham comprado estes andares, salvo o mais jovem e o mais velho, eram de segundos casamentos dos cônjuges, ou seja, os definitivos. Por esse motivo tinham adquirido moradas cômodas e agradáveis, para se instalar por anos; era o estilo de Tello, o matiz de realismo pueril e familiar. O bom negócio, por outro lado.

Na pequena aglomeração que o escutava com grande atenção, esses casais segundos com um projeto de felicidade, tinham-se metido dois indivíduos, dois homens que estavam nus e com a pele coberta de pó de cal. Eles também escutavam, mas só para soltar grandes e ferozes gargalhadas de tempos em tempos. Mais que risadas eram tremendos uivos, de exagerado sarcasmo. Como não os ouviam, nem os viam, a conversa prosseguia com o seu ritmo cortês e relaxado. Eles gritavam mais e mais, como se competissem um com o outro. De tão sujos, pareciam pedreiros, e também pela conformação do corpo, antes pequenos, sólidos, de pés pequenos e mãos calejadas. Tinham os dedos dos pés muito separados, como os selvagens. O seu comportamento era o de crianças malcriadas. Mas eram adultos. Um pedreiro que passava casualmente com um balde de escombros, rumo à tábua da tremonha, estirou a mão livre e sem parar agarrou a verga de um deles e puxou enquanto continuava caminhando. O membro se estirou dois metros, três, cinco, dez, até a calçada. Quando o soltou voltou ao seu lugar com um estalido de raros harmônicos, que continuaram ressoando nos pisos sem rejuntar, na escada sem mármore e nos fossos profundos sem elevadores, como a corda mais grave de uma harpa japonesa. Os dois fantasmas multiplicaram as suas risadas frenéticas, mais altas do que nunca. O arquiteto estava dizendo que os eletricistas mentiam, os pintores mentiam, os encanadores mentiam.

Quando chegou um caminhão carregado de tijolos com furos e se introduziu de traseira no espaço que seria a recepção do térreo, o grosso dos visitantes já se retirava. O arquiteto se impressionou de que viessem apesar do meio-feriado. Explicou aos seus interlocutores que se tratava da última provisão de tijolos com furos para divisórias, e teve a fina crueldade de fazer piada: se alguém quisesse fazer uma mudança de última hora na disposição dos seus quartos que falasse agora ou se calasse para sempre. Mexiam com o definitivo, mas isso estava longe de lhes provocar angústia; era inclusive um toque a mais em seu bem-estar. Para os pedreiros, de sua parte, constituía uma surpresa desagradável, pois não teriam mais remédio que descarregá-los, e a meia-jornada se prolongaria. Apressaram-se em formar uma dessas correntes que eles fazem para descarregar tijolos. Os dois fantasmas tinham se acomodado no ar em cima de um relógio elétrico de quadrante redondo pendurado a uma viga de concreto sobre as aberturas dos elevadores. Os dois de cabeça para baixo, as têmporas se tocando, um vertical e o outro em um ângulo de cinquenta graus, como os ponteiros do relógio ao dar as dez para meio--dia; mas não era essa a hora, era uma passada. Para não estorvar o trabalho, e de passagem mostrar a sala de jogos e piscina, orgulho do edifício, aos chegados por último Tello propôs subir. Os que não o fariam se despediram ali mesmo. Uma vez lá em cima, onde o calor era abrasador, fizeram comentários sobre a utilidade de uma piscina para natação. O esqueleto metálico que se elevava sobre eles exigia algumas explicações: o solário teria vidros que correriam com um motorzinho elétrico, e uma caldeira independente da principal proveria a calefação por toda essa trama de tubos, pois, claro está, a piscina seria usada muito mais no inverno do que no verão, quando as pessoas habitualmente vão aos balneários. A quantidade de vidros a colocar era enorme, todo o teto e praticamente todo o perímetro (o lado que dava para sul, quer dizer, a rua, ficava excluído por estarem nele os vestiários, os banheiros e o apartamento do porteiro). Eram vidros de tipo blindado, com lâminas internas de cristal puro, já comprados e embalados no porão. A colocação seria feita quase no final. Aproximaram-se das bordas para ver o panorama. Não era total (afinal, estavam apenas em um sétimo andar), mas bastante amplo, com vista à notável parede de edifícios da avenida Alberdi, cujo trânsito se via como uma louca corrida, a cem metros uma boa extensão de casas e pátios arborizados, e algumas torres salpicadas ao longe. E uma gloriosa cúpula de céu, no azul-cobalto do meio-dia de verão. Exceção feita ao amanhecer, da piscina teriam o sol visível todas as horas do dia, até a última. Como tinham tido ocasião de ver várias crianças que os olhavam, se puseram a conversar sobre o zelador e a sua família. Receberam a informação de que bebia, mas não era motivo para preocupação: a vizinhança com a delegacia, que viam de onde estavam, tinha-lhes assegurado contra roubos na etapa da construção, a despeito das distrações e porres do homem. Dentro de algumas semanas a família iria embora. São chilenos, sabiam? Sim, tinha-lhes parecido. Os chilenos eram diferentes, menores, mais sérios, mais compostos. E algo mais do que isso, pôde dizer o arquiteto: respeitosos, laboriosos, muito especiais trabalhando. Raúl Viñas embebedava-se com parentes também chilenos, com certeza, alguns dos quais tinham sido empregados como peões na obra. Todos eles, e os demais, desapareceriam logo e para sempre. Fazia um ano que viviam aqui. Tudo isso os tocava de maneira estranha. Alguém tinha que viver antes que começassem a viver, definitivamente, eles. Até podiam imaginar a felicidade de estar aqui, no provisório, na borda do tempo. Nos primeiros meses, enquanto se erguia a estrutura, a família do zelador tinha vivido, em condições muito precárias, com paredes de papelão, no térreo, depois passaram aqui para cima. Havia algo de poético, é certo, mas se devia reconhecer que tinham passado terríveis frios no inverno, e agora se abrasavam no alto. Não é que Raúl Viñas se importasse, obviamente. Claro que eles tinham mentido também: por exemplo, não eram residentes legais, não tinham documentos de trabalho; em revanche, não lhes pagavam quase nada, mas era muito para eles, pela diferença da moeda. Ao que parece, já tinham para onde ir depois, e de fato havia sido preciso rogar para que ficassem umas semanas a mais, para não ter de contratar outro zelador por tão pouco tempo. "São mais felizes do que nós", disse a senhora López. Ao menos, pensaram, se cuidavam mais nesse sentido.

Enquanto isso, o tapeceiro do terceiro, um senhor baixo e roliço, revisava pela última vez as suas anotações, percorrendo os quartos, e em algum caso voltou a medir, somente para comprovar que não tinha se enganado. Depois de olhar o número, dava uma esperta sacudida com a mão e a fita métrica metálica, de mola, volteava velozmente se enroscando, com um ruído de fricção. Todas as medidas estavam bem tomadas. Todas, da primeira à última. Poderia ter atapetado os tetos. Antes de descer, se debruçou na sacada para ver se a sua caminhonete, um

Mitsubishi amarelo, continuava onde a tinha estacionado. Justo embaixo assomava a frente de um caminhão grande, do qual descarregavam tijolos.

Tão apressados estavam os pedreiros que tinham feito duas correntes em vez de uma. Oito deles se dedicavam a esse trabalho. Dois na caçamba do caminhão pegavam os tijolos com furos a três e os jogavam aos que estavam abaixo, que por sua vez os lançavam a outros, e estes a outros que faziam as pilhas contra uma parede. Cada um dos saltos dos tijolos no ar era igual ao anterior, inclusive quando se separavam um pouco e tornavam a se unir nas mãos dos que os agarravam, com um ruído de castanholas. As pessoas ociosas costumam se deleitar com a visão deste trabalho, e passar horas olhando do outro lado da calçada. Agora o único espectador era um menino de quatro ou cinco anos, um gordinho loiro, que tinha entrado por um lado do caminhão. Depois de contemplar por uns minutos o trabalho sincronizado, se aproximou de Raúl Viñas, que aparava tijolos no ar em uma das correntes, e perguntou: Senhor, os meninos não estão? Viñas, que estava particularmente mal-humorado pelo atraso do almoço, nem o olhou. Parecia que não responderia, mas o fez com um monossílabo. Entre a fumaça do cigarro (dava um jeito de fumar enquanto recebia e lançava os três tijolos como se fossem um): Não. O menino insistiu: Estão lá em cima? Outro silêncio, tijolos que foram e vieram, e o menino: Hein? Por fim Viñas disse: José María, por que não vai pra puta que te pariu? Os pedreiros soltaram a risada. José María, ofendido, se pôs de um lado e ficou olhando, bem tranquilo. Ofendido, mas comprazido de que tivessem pronunciado o seu nome. Além disso, a Operação Tijolo lhe interessava de verdade. Não tinha pressa, porque na sua casa almoçavam tarde, e além do mais ele esperava até que a avó, uma velhinha de voz potente, por cujos gritos todo o bairro conhecia o nome da criança, viesse buscá-lo (vivia na esquina). Mas nesse momento viu no fundo um dos sujeitos nus, brancos de cal, e saiu em disparada por onde tinha vindo. O gordo santiaguino que jorrava suor na caçamba do caminhão erguendo tijolos comentou: Que estranho. Isso produziu novas risadas, em parte pelo sotaque, em parte para continuar. Riam de forma mecânica, sem perder a concentração, que foi a única coisa importante até que terminaram.

Nesse meio-tempo, no supermercado da esquina, Abel Reyes, um jovem chileno sobrinho de Raúl Viñas, estava fazendo as compras para o almoço dos pedreiros. Limitava-se, como era habitual, ao mais simples e expeditivo: carne, pão, fruta. Por essas coisas dos jovens muito jovens, se negava a utilizar os carrinhos apropriados, e, como tampouco portava sacolas, carregava tudo nos braços. Na realidade era algo menos do que um jovem, quase uma criança. Tinha quinze anos, mas aparentava onze. Era magro, feio, desajeitado e tinha o cabelo muito longo. Ao chegar à Argentina com seus pais, dois anos atrás, havia considerado sublime o costume, tão corrente entre os homens jovens deste país quanto raro entre os seus compatriotas, de usar o cabelo longo. Era tão ingênuo, por ser jovem e estrangeiro, que não se deu conta de que os argentinos de cabelo longo eram os da classe baixa, e entre estes, os condenados por si mesmos a não sair dela. Ainda que tivesse percebido, não teria se importado. Gostava e pronto. De modo que deixou crescer, e já chegava pela metade das costas, abaixo das suas chatas omoplatas. Ficava simplesmente horrível. Os pais, gente humilde e decente, tinham tido a má ideia de se opor com argumentos; se o tivessem ameaçado, ou estabelecido um prazo, o menino teria se submetido às tesouras de primeira. Mas não, começaram a lhe dizer que parecia uma mulher, um delinquente; e uma vez que se meteram por esse caminho não acharam a saída. Não podiam renunciar às suas razões, que eram as corretas. Além disso, eram bons e compreensivos, diziam: "Já vai passar." E o filho andava feito uma mulherzinha. Como o atrapalhava no trabalho, tinha pensado seriamente em prendê-lo atrás com uma borrachinha, mas no momento não se atrevia. No ambiente da construção ninguém lhe dizia nada, nem se davam sequer ao trabalho de notar.

Era realmente algo muito comum; nisso ao menos não tinha se enganado. Se estivesse no Chile teriam feito uma entrevista na televisão; ou, mais provável, o teriam metido preso.

As coisas não estavam tranquilas no supermercado. Era a hora do pico, de um dia de pico também. Reinava um frenesi de compras. As pessoas arrasavam com tudo, não ficariam sem comer à meia-noite. Teve sorte de poder encontrar nas geladeiras do fundo dois grandes pacotes de costela, que lhe esfriaram as mãos. Carregou igualmente um pacote de linguiças de churrasco, uma capa de filé dobrada em quatro, e doze bifes. Tudo colocado em bandejinhas brancas e envolto em plástico transparente. Passou para o setor das frutas e escolheu dois saquinhos de pêssegos, que pareciam mais ou menos maduros, e uma dúzia de bananas. Tudo isso, sem sacola, era um perrengue para levar. E faltava o pior. Antes de passar ao pão foi dar uma olhada nos sorvetes, que estavam em um refrigerador fundo em forma de bandeja. Claro que não convinha levar um agora, porque se derreteria até a hora de comê-lo; mas que bem viria um desses bombons escoceses, em potes de oito porções. Com dois se arranjariam. Propôs-se a transmitir ao tio a ideia de vir comprar quando chegasse o momento. Mas não se podia confiar, porque as pessoas os arrebatavam; a sua única esperança era que se abstivessem por causa do preço; de fato, esses sorvetes eram caríssimos. Depois, sim, o pão. Era importante não apenas como acompanhamento, mas porque, ao estilo do campo, o usavam como prato para apoiar a carne. Para comer assim eram necessárias facas bem afiadas, e vez por outra tinham de chamar um desses afiadores que passam fazendo soar uma flauta (ainda que o que vinha pelo bairro usasse uma ocarina: devia ser o único em Buenos Aires) para que as pusesse no ponto. Como todos os dias, Abel constatou com desagrado que o pão que vendiam aqui vinha em sacolinhas de um quarto de quilo apenas. Quatro dessas sacolinhas, em cima dos pacotes da carne e das frutas, se tornavam resvaladiças, tendiam a cair. Mas não havia mais remédio caso não quisesse fazer duas viagens. Como um pai carregando um grande bebê com os dois braços, se dirigiu às estantes das garrafas. Lamentavelmente, se viam obrigados a tomar a bebida sem resfriar porque não tinham geladeira. Mas as pessoas se habituam, como com tantas coisas na vida. Pegou somente dois garrafões plásticos de Coca-cola. Segurava-os pelos bicos, com o indicador e o polegar de cada mão, que era só o que restava livre. A quantidade de gente havia aumentado consideravelmente, e a atividade de que os empregados do supermercado tinham se incumbido (lavar o chão) tornava incômodo o trânsito pelos corredores. Abel fazia uma figura antes incongruente entre a clientela, com os seus tênis esburacados, a calça manchada de cal, a camisa arrebentada, e a melena. Era incrível que realizando um trabalho físico, e bastante brutal, continuasse sendo tão frágil. À primeira vista seria tomado por uma menina, uma empregadinha. Desanimou-o ver a fila que havia se formado para pagar: cobria todo o comprimento do supermercado, que eram uns trinta metros, e dava a volta e tornava a cobrir em sentido inverso por outro corredor. Ainda que houvesse três caixas, apenas uma estava habilitada hoje, e a mulher que a atendia era inepta em sumo grau; disto último até ele, que tinha fama de tolo, tinha se dado conta. Na realidade o funcionamento desse supermercado era deficiente, bastante volúvel. Não perseguia fins comerciais, por isso não atendia os clientes com o olhar posto no lucro mas em outra coisa, não se sabia bem o quê; em geral, podia-se dizer que perseguia fins de tipo religioso. Pertencia, como todos os supermercados dessa cadeia, a uma seita evangélica, e isso se manifestava em uma certa imperícia nos negócios. Ou, melhor dito, se manifestava em tudo: era algo que embebia até o menor detalhe do supermercado. Assim devia ser, tratando-se dessa quintessência do inefável que é a religião. Dizia-se que os jovens trabalhadores do bairro que por casualidade chegavam a meter os narizes por aqui eram abordados para serem doutrinados e presenteados com um videocassete contendo as mais marcantes atuações do patriarca da seita, um pastor norte-americano. Não havia sido o caso de Abel Reyes, ainda que fosse o único jovem trabalhador que ia todos os dias: ou tinham visto a sua cara de chileno, católico fanático como a rocha, ou tinham-no dado por escassamente valioso devido ao cabelo, e ao que este significava na moral, ou bem tinham pensado que não devia ter o aparelho para passar o videocassete na sua casa (ou que não sabia inglês, e não ia entender os sermões). Postou-se no último lugar da fila, um pouco encurvado como ele andava sempre, e foi avançando muito pouco a pouco. Nisso viu a sua tia com os pequenos.

Com a aproximação do meio-dia, hora bastante fatídica para a dona de casa, tinha ocorrido a Elisa Vicuña, lá em cima no forno solar, a suspeita de que o supermercado da esquina, em que fazia absolutamente todas as suas compras, e sem o qual se sentia perdida, fechasse a partir do meio-dia: não seria de estranhar, não só porque o dia em geral se considerava meio-feriado, mas também porque esse supermercado era imprevisível; quer dizer, ou bem podia já estar fechado, ou continuar aberto até as cinco para a meia-noite. Agora, se fechasse, ela estava perdida, porque não tinha feito nem a metade das compras para a celebração dessa noite; de modo que, mesmo improvisadamente, e para evitar uma surpresa catastrófica, tomou a determinação de ir dar uma volta. Apressada, quis ir sozinha para andar mais rápido, mas não houve proposta para as crianças ficarem com a Patri, que se encarregava da comida durante esses minutos. Teve que pôr os tênis nas que estavam descalças, e como algumas nem sequer tinham lavado o rosto, e não colaboravam, demorou um quarto de hora para torná-las mais ou menos apresentáveis (penteadas, por exemplo) antes de descer. Nunca se acostumaria à escada cheia de entulhos, pedras, poeira solta, e sem corrimões. Levava a menininha nos braços, os outros soltos, fazendo cabriolas, mas nenhum jamais havia caído. Tinha quatro filhos, dois garotos e duas garotas, o maior com sete anos, a menor com quase dois. Crianças que lhe pareciam muito lindas, e certamente o eram, com algo das maneiras do pai, com algo do lado materno também. Ela, de sua parte, era uma mulher de uns trinta e cinco anos, delgada, bastante baixa (algo mais do que o marido, que já era baixo), e é claro, dada a condição econômica, não muito bem-vestida nem arrumada. No térreo, onde constatou que os visitantes que tinham estado dando voltas pela obra toda de manhã haviam desaparecido, trocou umas palavras com o marido. Saiu, seguida das crianças. Fez a menor caminhar, para o que teve de ir muito devagar. Não tinha que percorrer mais do que trinta metros; o supermercado estava logo ali, sem cruzar a rua. Mas era um passeio, afinal de contas. Como sempre, as crianças brincavam dando voltas nas colunas de tijolo aparente que adornavam a fachada lateral do supermercado.

Chegar à porta e ficar pasma com a quantidade de gente foi uma coisa só. Podia ter esperado algo assim (ainda que não fosse das que fazem esse tipo de previsões), mas não tanto, nem a metade. A realidade costuma superar as previsões, mesmo as que não são feitas. Não teve mais remédio que lembrar do que vinha fazer, que era averiguar se fechavam ao meio-dia. Como não havia nenhum cartaz à vista, entrou para perguntar. No balcão onde davam os vales para os vasilhames, uma dezena de pessoas esperava, todas incrivelmente carregadas de garrafas vazias e protestando; ninguém atendia nesse balcão. As crianças, como faziam sempre, já tinham se metido entre as gôndolas; escondeu-as a aglomeração. A mãe se dispôs de bom grado a buscá-las, e de passagem perguntar. Elisa Vicuña era essa mosca branca, muito mais frequente do que se supõe: uma mãe que não tinha a fantasia aterrorizante de perder os seus filhos na multidão. A realidade dava-lhe pontualmente a razão, pois sempre os encontrava, se é que alguma vez se perdiam. A menor, Jacqueline, seguia na sua mão. No primeiro corredor por onde começou a abrir passo entre os carrinhos e as pessoas, encontrou o garoto que atendia no balcão de vasilhames, que estava lavando o chão com grande dificuldade por causa da quantidade de clientes que iam e vinham.

Perguntou a ele e teve o alívio de se inteirar de que hoje fechavam às quatro da tarde. Sendo assim, podia vir depois do almoço. Seguiu adiante em busca das crianças, e de passagem olhando os comestíveis. Tratava de fazer mentalmente uma lista. Teve de erguer a Jacqueline, que tinha se cansado, mas logo quis descer de novo porque viu os irmãos. Estavam os três diante de uma empregada de guarda-pó vermelho, maquiada em excesso, que dava xicrinhas de café a quem pedia. Se via que as crianças tinham vontade de pedir, mas não se animavam; claro que de qualquer modo não teria dado nada, e eles nem sequer sabiam do que se tratava. Nunca tinham tomado café. Mas a curiosidade infantil, essa avidez por receber, os superava. Já que estava ali, Elisa pegou de uma estante uma garrafa de alvejante, que achava que estava faltando ou a ponto de faltar. Gastava muito alvejante, porque lavava toda a roupa com ele. Era um costume que tinha. Isso explicava que a roupa de toda a família estivesse tão descolorida, e tivesse esse ar tênue, como que gasto, tão belo dentro de sua humildade e deterioração. Não importava que uma peça fosse nova, ou que a tivesse comprado com cores brilhantes: automaticamente, desde a primeira lavagem (uma noite de molho em alvejante) ganhava o aspecto esbranquiçado, delgado, com algo de aristocrático, que era característico da roupa dos Viñas. Mas, já com a garrafa na mão, refletiu que seria absurdo fazer uma hora de fila para levá-la; iria diretamente à caixa e perguntaria ao primeiro cliente se lhe permitia passar, já que levava só um artigo. Reuniu as crianças e disse que iam embora. Obedientes, ou entediados, a seguiram. Mas nem sequer teria de fazer esse trâmite, que costumava trazer problemas se nos primeiros postos da fila havia alguma dessas senhoras discutidoras, porque em um dos últimos postos viu o seu sobrinho Abel, com os braços carregados de pacotes e dois garrafões de Coca pendurados nos dedos. Pobrezinho, que menino feio e ridículo, com as madeixas caindo sobre os ombros. Ele também a tinha visto, e a cumprimentava de longe com o seu sorrisinho cortês, que decerto usava só com os parentes. Aproximou-se e pediu-lhe o favor de pagar o alvejante (deu-lhe um austral que tirou do porta-níqueis) e depois levar até lá em cima. Abel assentiu de bom grado. Ela olhou para o que levava e lhe pareceu escasso. Teve o pouco tato de dizê-lo, com o que o deixou cabisbaixo, preocupado, com a garrafa de alvejante no chão, entre os pés. Saíram. Na porta, as crianças encontraram José María, que estava com a sua bicicleta. Fizeram à mãe um ruidoso escândalo para que os deixasse ficar na calçada para brincar um pouco, sobretudo o maior, Juan Sebastián, a quem José María emprestava a bicicleta. Mas ela foi inflexível no ato, porque, disse, "já era hora de comer". Esse pirralho passava a vida na calçada. Ela não queria ter de voltar a descer em meia hora para buscá-los. Os choros foram intermináveis, e por fim demorou quinze minutos na esquina, conversando com o vendedor de flores, enquanto eles corriam para lá e para cá. Quando subiu, arrastando-os, ainda não havia sinais do sobrinho com o alvejante.

Abel Reyes continuava na fila pacientemente, com os braços intumescidos pelo peso. Entretinha-se olhando para algumas meninas muito bonitas que também esperavam. Mas com a maior discrição. Sem faltar com a verdade, podia dizer que meninas era do que mais gostava no mundo, mas sempre a certa distância, com a patológica timidez da sua adolescência. Além disso, pensava que não lhe favorecia a imobilidade, tão obrigatória na fila do supermercado. O estado natural para ele era o movimento, mesmo que fosse o movimento de fugir. A imobilidade lhe parecia algo provisório. Adiantava-se passo a passo, segundo avançava, muito lento, o trem de carrinhos cheios. Muitos estavam cheios de verdade, com compras que pareciam para o ano todo. Os que estavam na frente e atrás dele falavam todo o tempo. Ele era o único que estava calado. Não podia acreditar que a bomba de nêutrons existisse de verdade. Aqui, por exemplo, como ia eliminar as pessoas e preservar as coisas, estando tão inextricavelmente combinadas umas e outras? Em situações como a de uma fila de supermercado, as coisas eram diretamente parte do corpo humano.

Não obstante, imaginava a bomba, por pura ociosidade. Uma explosão silenciosa, bastante radiação. Entrariam as radiações daninhas dentro dos pacotes de comida, dentro das caixas e das latas? Era o mais provável. Ocorria-lhe que algo análogo à morte pela bomba de nêutrons era essa circunstância em que a gente está em casa, ouvindo rádio, e começa a tocar uma canção, e então a gente sai e pela janela de uma casa mais longe sai a mesma canção, e pelo rádio de um carro que passa, uma quadra depois, sai a mesma canção, e a gente sobe no ônibus que anda com o rádio ligado, e continua ainda a mesma canção, que mesmo sem se propor a gente acabou ouvindo quase completa. Todo mundo ouve rádio (a certas horas), e muitos sintonizam na mesma estação. A analogia, por algum motivo, lhe parecia exata, sobrenaturalmente exata; mas os efeitos eram diferentes. Nestes pensamentos foi passando o plantão. Os últimos carrinhos antes dele, como costuma acontecer, foram os mais lentos; inclusive a moça do caixa teve que ir ao banheiro e os deixou esperando mais dez minutos. Mas tudo chega. Afinal chegou a sua vez. Foi um alívio colocar as coisas sobre o balcão metálico. Como com quase todos os clientes, a mulher se confundiu duas vezes apertando os botõezinhos da registradora eletrônica. A cada vez que se confundia tinha de chamar o supervisor, que saía entre as ameaçadoras multidões e usava uma chavezinha para anular o erro.

Eram quarenta e nove austrais. Abel pagou com uma nota de cinquenta, e a caixa perguntou se ele não tinha trocado. O rapaz fez o gesto de revisar os bolsos, mas é claro que não tinha nada, nem um centavo. Trouxera esse único bilhete que lhe tinham dado. A caixa vacilava, com cara de desolação. Não tem?, perguntou. Fazia um gesto como que pedindo que procurasse. Abel havia notado que as caixas deste supermercado (talvez em todos acontecesse o mesmo) faziam do troco um imenso problema. Sempre tinham, mas era um problema do mesmo jeito. Neste caso não era para tanto: só tinha que devolver um austral. Ele esperava, e tinha na mão, dobrada em quatro, a nota de um que a sua tia havia dado. A caixa olhou para essa nota. Para que visse que era somente essa, e que não escondia outros quarenta e oito, Abel a desdobrou e mostrou. Por fim ela levantou o puxadorzinho metálico da gaveta das notas de um austral (tinha pelo menos duzentos) e com a máxima repugnância tirou um, cortou a nota fiscal e entregou sem olhar. Ele saiu rumo à porta sem lembrar de recolher as suas coisas, que ficaram sobre o balcão. Uma senhora, a que vinha depois dele, tinha começado a colocar as compras sobre as dele e o chamou: Vai embora sem as suas coisas? Para que pagou? Voltou, morto de vergonha, e carregou tudo o melhor que pôde. Caíram as sacolinhas de pão, etcétera. Quando chegou à obra, o caminhão tinha saído e o esperavam com o fogo esquentando sob a churrasqueira. Seu tio e outro pedreiro, um argentino chamado Aníbal Fuentes, ou Aníbal Soto (se chamava das duas maneiras, coisa rara), que eram os assadores, jogaram a carne na churrasqueira, um retângulo de arame trançado totalmente preto. E isso?, perguntou Viñas apontando para a garrafa de alvejante. É para a tua senhora, respondeu, vou levar agora mesmo. Deram-lhe uns encargos, já que subia: copos, isto e mais outro. Desapareceu pela escada. Como o arquiteto já tinha ido embora, Viñas se encarregou de fechar a cerca de madeira e passou a corrente, ainda que sem cadeado. Agora, por fim, almoçariam em paz.

Que estranho que não tivessem comprado vinho, não é? Sobretudo porque para alguns dos comensais não tinha coisa de que se privassem menos. Mas havia duas razões para que o jovem ordenança dos pedreiros não tivesse sequer pensado em comprar: a primeira era que por regra geral não tomavam vinho no almoço, exceto algum sábado, não todos, em que além de cessar o trabalho tiveram de festejar algo, um aniversário por exemplo. A segunda, que Raúl Viñas comprasse pessoalmente em uma casa de vinhos da vizinhança onde se usava um sistema de engarrafamento particular, com reciclagem perpétua dos vasilhames, que era muito prático e econômico. E já tinha feito as compras para hoje, e até para amanhã. A ocasião era especialíssima: por um lado, interrompiam a jornada, de modo que podiam beber, se quisessem, tudo o que descesse. Cada um ia para casa a fim de se preparar para a festa da noite, essas grandes reuniões familiares. E ainda por cima tinham de festejar, precisamente, porque era o fim de ano. Em termos gerais havia sido um ano memorável, de trabalho e relativa abundância; disso não podiam se queixar. Inclusive se podia dizer que foi um ano de felicidade, ainda que para isso fosse preciso passar certo tempo, para poder vê-lo com mais perspectiva. Nem sequer tinha terminado ainda: faltavam umas dez horas, para ser justos. De modo que Raúl Viñas tinha posto para esfriar catorze garrafas de vinho tinto, com um sistema de sua invenção, ou melhor dito: descoberto por ele. Consistia em se aproximar decididamente de um fantasma e introduzir uma garrafa no seu tórax; aí ficava, em um equilíbrio sobrenatural. Quando ia buscar, duas horas depois por exemplo, estava gelada. Havia duas coisas que não tinha notado. A primeira era que o vinho saía das garrafas e corria como uma linfa por todo o corpo dos fantasmas durante o processo. A segunda, que semelhante destilação transmutava o vulgar vinho barato, de barris de cimento, em um elegante Cabernet Sauvignon envelhecido, que nem os magnatas podiam se permitir todos os dias. Mas como ia notar um bebedor tão pouco exigente, que no verão tomava o tinto gelado, só porque fazia calor. Ainda por cima, acostumado como estava aos vinhos maravilhosos do seu país, este lhe parecia o mais natural do mundo. E, de fato, o que há de mais natural do que tomar os melhores vinhos, sempre e exclusivamente os melhores.

Quando Abel Reyes chegou lá em cima (e deve-se notar que subia, em todas as ocasiões que o fazia, sem ter consciência do trabalho de trepar pela escada: se distraía, e de repente estava em cima) encontrou a família do seu tio em pleno almoço. O apartamento do porteiro havia sido habilitado, nos termos mínimos, antes que o resto, para abrigar Viñas e os seus com certa comodidade. O que não queria dizer grande coisa, só o mínimo. Os pisos não tinham lajotas, nem o forro gesso, nem as paredes pintura, nem os banheiros os artefatos, nem as janelas vidros. Mas havia água (fazia poucos dias, na realidade) e eletricidade trazida por uma linha precária. Não era preciso mais. O apartamento tinha dois ambientes, nem pequenos nem grandes, mais a cozinha e o banheiro. Os móveis, emprestados, eram bastante escassos. As crianças estavam sentadas ao redor de uma mesa artesanal, diante dos pratos com bifes e ervilhas. É claro que não queriam comer. A Patri tinha diante dela quatro copos, uma garrafa de soda e uma cartela de suco de laranja. Olhava para os seus meio-irmãos com severidade, e eles por sua vez olhavam os copos e choramingavam. Tudo consistia em fazê-los entender que se não comessem não beberiam. Diziam estar mortos de sede. A mãe estava fazendo alfajores na cozinha, e tinha deixado o assunto de lado por um momento. A Patri, que, por ser mais jovem, tinha mais paciência – na realidade, como era quase uma criança, tinha muitíssima paciência, demais –, se punha à altura das crianças e não cedia uma única gota. Com a astúcia maligna de quem prova todas as alternativas, chamavam a mãe aos gritos. Mas Elisa não respondia; não apenas por estar na cozinha, mas por estar, além disso, pensando em outra coisa. De repente a Patri encheu os copos com suco e soda e entregou. Beberam avidamente. Ela terminou o bife e as ervilhas, e também tomou um copo de suco. A menininha, sentada ao seu lado, quis se levantar. Ergueu-a e começou a lhe dar na boca. Os outros se indisciplinaram. O que mais tinha comido, Juan Sebastián, o mais velho, não tinha limpado o prato. A outra menina, Blanca Isabel, nem sequer tinha começado, e já estava pedindo para tomar mais. O calor dentro da sala de jantar era tremendo, mas a luz era muito suave, porque a janela estava tapada com um papelão. Neste papelão batia o sol, e ainda que fosse grosso parecia transluzir algo. Essa luz de verão é incrível de tão forte.

Como conseguir um pouco de frescor ali? Era impossível, se alguém se propusesse. Era o calor em estado puro, perfeitamente real e concreto. O indubitável, em uma palavra. Ao que, contudo, era preciso emprestar uma eternidade de fé, para que não se dissolvesse em um pozinho de gelo. A Patri, por ter tomado um copo de soda com o seu suco (menos por sede do que para dar uma lição prática nas crianças que vigiava), se cobriu de transpiração de um momento para o outro. Blanca Isabel, para quem não escapava detalhe, disse: Te jogou na água? Pensou que agora podia tomar outro copo, já que não teria um efeito tão contundente, e o fez. Juan Sebastián levantou-se de um salto, diante do que considerava uma provocação, e correu para cozinha a contar para a mãe, que não deu bola. Todos voltavam a pedir bebida. Tinham de se conformar com a água da torneira, porque soda não resta mais que esta, disse a Patri mostrando o pouco que restava. Aproximou outra vez os copos do seu lado e se dispôs a preparar laranjada, com o resto de soda, em quantidades equitativas, mas só para os que comessem. Aplicaram-se tanto que teve de cortar em pedacinhos o que restava dos bifes de Ernesto e Blanca Isabel. Veio Elisa perguntar se tinham terminado. A carne sim, disse a Patri, mas as ervilhas não. Juan Sebastián era o único a limpar o prato, mas que trabalho tinha dado. A mãe perguntou se ele queria mais. Respondeu gemendo: tinha comido muito, estava cheio, empanturrado. A Patri distribuiu os copos. Beberam em um abrir e fechar de olhos. Deixou a Jacqueline na cadeira e foi para a cozinha pegar as uvas. Todos os dias fazem a mesma coisa, disse à mãe: comem sem vontade. É por causa do calor, respondeu Elisa, pobrezinhos. Perguntou-lhe se não queria terminar as ervilhas. Imitando os seus irmãos, disse que não podia. Mas ela não comeria nada? Não tinha sequer se sentado. Não, disse Elisa, não tinha fome. Ainda comeria o prato de ervilhas, porque afinal dava pena jogar fora. A Patri voltou à sala de jantar com as uvas e uma faca limpa, com a qual as cortava pela metade e tirava as sementes. Uma para cada um, e depois se demorava com a de Jacqueline, da qual tinha de tirar também a pele. Era muito hábil com os dedos, por sorte.

Abel se meteu diretamente na cozinha e deixou a garrafa de alvejante para a tia na bancada. A cozinha tinha um basculante grande pelo qual a essa hora entrava todo o sol. Elisa o tinha coberto com uma toalha azul, que havia pouco estava úmida. É possível que amortecesse algo do calor, mas de todo modo era sufocante, porque estivera cozinhando. Perguntou-lhe se ficaria para comer com os homens. E não vou justo agora!, disse o garoto como se se tratasse de algo óbvio. Avisou a tua mãe? Não, não tinha avisado, por quê? Então, disse ela, estará te esperando. Não havia lhe ocorrido. Mas disse que não era provável, já que tampouco tinha lhe dito que hoje a jornada era de meio-dia. Isso, disse Elisa, ela pode imaginar. Não acho, não acho, disse Abel impaciente. Sua tia, pensava, não conhecia a sua mãe. Não sabia que se preocupava muito menos por ele do que ela por seus filhos, até por ele mesmo. Como todos os adolescentes, achava que qualquer família era preferível à sua. Não tinha nenhum motivo para acreditar nisso, mas acreditava. Elisa adivinhou tudo isso, e não lhe deu a menor importância. Perguntou com quem iam passar essa noite. Abel respondeu: com a família da namorada do seu irmão mais velho, e começou a explicar-se com gosto sobre esses parentes prospectivos, fazendo um espelho de todas as suas virtudes e potências. O futuro sogro do seu irmão tinha uma oficina mecânica, e ele gostava de pintá-lo como um potentado, alguém que fazia o que queria, qualquer coisa que quisesse, porque podia pagar. Fez um detalhado catálogo das suas propriedades, com exageros grosseiros. Por algum declive insensível no tema, ou nos temas em geral, isso os levou a falar de comida. Ele acreditava ter gostos muito especiais, que mereciam um estudo sutil, sem o que podiam parecer uma acumulação de preferências incoerentes. Ela o deixava falar, mas não tardou em se distrair. Não era conveniente ter demasiada compaixão com ele só porque era feio e estúpido. Fez-lhe uma recomendação: que não tomasse vinho no almoço. Esses animais, disse, vão terminar todos podres. Nunca tomo vinho, disse Abel com característica falta de delicadeza (à mulher do maior bêbado da família!). Quando a Patri entrou para buscar as uvas, deram-se um beijo. Ela o considerava ridículo, mas dedicava-lhe bastante carinho. Sempre riam às suas costas, por causa do cabelo. O dela e o dele tinham o mesmo comprimento, e até era o mesmo tipo de cabelo, meio grosso, liso, preto. Quando a menina saiu, ele continuou falando mais e melhor com Elisa até que ela, farta, disse-lhe para descer porque suspeitava que os seus companheiros já tinham se sentado para comer.

Terminadas as uvas, as crianças escaparam, sem sapatos, para brincar no fosso da piscina, onde batia todo o sol. Mas elas adoravam, quase como se a piscina estivesse cheia e se debatessem na onda fresca. Os três mais velhos participavam sempre de jogos teatrais, de tipo aventuras, e a pequenina os seguia, sempre estava com eles e se prestava a fazer alguns papéis de vítima, por exemplo, para o que não era preciso muita habilidade, ou nenhuma. Agora tinham voltado, depois de vários dias de outras histórias, às corridas de carros. Tinham vários carrinhos de plástico. Como notaram, com esse instinto que têm os pequenos, que nos andares debaixo deles os pedreiros já não estavam trabalhando, se aventuraram pela escada até o sexto, e depois o quinto. Os carrinhos desciam pela escada, nas suas mãos pequenas, e estacionavam nos quartos mais remotos. Com a exaltação de ter todo o edifício, ou ao menos os andares superiores, à sua disposição, complicavam a brincadeira, deixavam um carrinho em um andar e desciam para o outro, depois subiam para buscar, tomavam direções imprevistas. A obra em construção era o lugar mais inapropriado para fazer uma corrida de carros (era ideal, por outro lado, para brincar de esconder), mas a inadequação dava um sabor especial, de novidade, de impossível que os fazia esquecer de tudo mais. Parecia-lhes dar no alvo da verdade ou da arte. Jacqueline se perdia e chorava. Ernesto, que era o mais apegado a ela, subia ou descia, conforme onde ela estivesse, e a resgatava. A única interrupção ocorreu quando Abel desceu dizendo: Cuidado, não vão cair, e continuou rumo ao térreo. Quando estava dois andares mais abaixo começaram a lhe gritar "cabeludo". Continuaram com os carrinhos, para cima e para baixo. Corria um pouco de ar por essas plataformas, ainda que não muito nem muito refrescante; de qualquer modo, era provável que o calor diminuísse ao começar a declinar o sol; a luz também devia mudar um pouco, mas não se notava; os carrinhos de cores vivas eram os fotômetros nessa brincadeira. Chegaram ao terceiro e não se atreveram a descer mais, porque ouviam as vozes dos homens.

Os pedreiros, na verdade, tinham descido todos um bom tempo antes, e para almoçar confortáveis, já que o trabalho não seria retomado, tinham se lavado e trocado; alguns, mais extremistas, se banharam com a mangueira, e se secaram ao sol no pátio dos fundos. A roupa de labuta, que eram, considerados objetivamente, e sobretudo quando os tiravam, uns trapos brancos de cal, rasgados e remendados, ou inclusive sem remendar, foi colocada nas suas sacolas. Limpos e penteados, se sentaram ao redor de uma mesa de tábuas para esperar o almoço. Tinham colocado a mesa o mais longe possível da churrasqueira, onde Aníbal Soto se dedicava a verificar os progressos da carne. Eram dez. Os chilenos, à parte Viñas e Reyes, dois: Enrique Castro e Felipe Rojas. A este último chamavam de Bolsinhos, porque tinha o costume de meter as mãos nos bolsos, inclusive quando estava sentado. O fato dava lugar a inumeráveis piadas. Agora, por exemplo, estava com um copo na mão esquerda, e a direita metida no bolso. Sentado ao seu lado estava o santiaguino gordo, que era um piadista sem engenho, mas piadista de qualquer forma, que fazia rir à força de ingenuidade. Meteu uma mão no bolso da calça do chileno, segundo disse, "para ver o que tinha de bom ali dentro", o que fez todos os outros rirem, e o sobressalto fez Bolsinhos sacudir o copo e espalhar algumas gotas de vinho, do que se lamentou. O mestre de obras, um senhor baixinho de cabelo grisalho e olhos azuis (era italiano), não podia mais de tanto rir, mas soube mudar de assunto a tempo. Todos tinham se servido um copo de vinho e bebiam de aperitivo. Ali embaixo por sorte estava fresco, era quase como ter ar-condicionado. Fizeram um brinde, e tudo mais. A carne não se fez esperar, com o detalhe de que tinham esquecido simplesmente de preparar uma salada. Dirigiram uns olhares malévolos ao garoto Reyes, que quase sempre esquecia de comprar uma coisa ou outra. Mas, por ser o último dia do ano, não tinha importância. Além disso, a carne estava de primeira.

À parte os chilenos, havia outro estrangeiro, um uruguaio de nome Washington Mena; era uma pessoa insignificante, sem nada de notável. O outro de cabelo longo, argentino, era um rapaz de uns vinte anos, Higinio Gómez (que na realidade se chamava Higidio, mas ele se dizia Higinio porque tinha vergonha), horrivelmente feio, entre outras coisas por ser o que antes se dizia "comido de varíola", que na realidade era um caso de acne sem remissão, e ainda por cima com o cabelo longo, quase tão longo como o do outro, mas enrolado. Depois havia um a quem chamavam de O Papudo (o mentiroso) pelas costas, ainda que se chamasse Carlos Soria. Com a façanha do santiaguino, de que continuavam rindo, tinha ficado murmurando, e terminou em pleno escárnio. Acontecia que o santiaguino era o personagem mais curioso de todos eles, entre outras coisas, mas principalmente porque era gordo, esférico. Isso o transformava. Além do mais, tinha arroubos de engenhoso e até de Dom Juan. Chamava-se Lorenzo Quincata; falava muito pouco, pensando bem no que dizia, mas ainda assim ninguém o teria tomado por um rapaz inteligente.

Soria começou a fazer o relato negativo dos santiaguinos. Prestavam-lhe uma atenção mais do que tudo sacana. Disse que em Santiago se tomava cerveja quente. Sim? Como era isso? Ele tinha estado lá, é claro; de passagem e nada mais, porque ninguém o obrigaria a ficar nessas paragens febris. Um dia, em um bar, havia provado essa bebida tão estranha (para ele). A cerveja foi trazida do pátio, em carrinhos de mão, onde tinha estado a pleno sol; quente como uma sopa, disse. Alguém perguntou: Por que em carrinhos de mão? Mas os engradados, como é óbvio, onde iam trazer? Quantos engradados?, perguntaram, suspeitando do exagero. Primeiro disse trinta e seis, depois disse oito, mas não ficou bem claro qual dos dois números era o que queria dizer. Esclareceu que eram vinte os que tomavam. Alguns dos comensais riam até as lágrimas. Não é um recorde?, diziam. Trinta e seis engradados de cerveja quente, ele tomou sozinho.

Tinha que ser em Santiago del Estero, disse Raúl Viñas, rindo ele também. Brindou com o santiaguense. Ele, de sua parte, disse, era "santiaguino", o que estabelecia uma importante diferença.

Soria esclareceu pela segunda vez que eram vinte os que bebiam, todo o bando de caminhantes. Os engradados de garrafas estavam no pátio do bar, ao sol. Sabiam como tinha ficado a barriga depois de tomar? Redonda, é claro. A sensação, melhor nem imaginar, nem tentar. No entanto o faziam.

Dirigindo-se a Viñas, Castro lembrou da existência de um famoso mentiroso que tinham conhecido no Chile. Era um homem que, a cada vez que encontrava alguém, contava que acabara de cruzar a cordilheira desde a Argentina, em condições sempre heroicas, arriscadíssimas, ou pelo menos estranhas, por passagens incongruentes, ou diretamente pelos cumes, pelos picos nevados, sempre a pé, sozinho, em um *impromptu*. A mesma história, quer dizer, uma variação a cada vez que se encontrava com um conhecido. Mas às vezes o conhecido se repetia, em um intervalo um pouco breve demais, e então tinha de inventar a passagem contrária, já que não se podia vir eternamente da Argentina ao Chile sem ir, pelo menos de vez em quando, para não dizer a cada vez, mesmo no mundo de leis algo flexíveis da imaginação, do Chile à Argentina. O que lhe dava a oportunidade de duplicar as suas mentiras.

"Lorenzo" lhes parecia um nome fora de lugar. Todos opinaram que estava na medida do seu dono, mas, ante a menor suspeita inversa, opinaram o contrário. Com "Washington" tiveram de dizer o mesmo, com "Higinio" outro tanto, e assim sucessivamente até os nomes mais comuns, "Abel", "Raúl", "Juan", etcétera. As pessoas não tinham a cara do seu nome, era absurdo pretendê-lo, mas ao mesmo tempo, sim, tinham, isso é que era curioso. O pior (ou o melhor) era que alguém podia chegar a se convencer da propriedade ou impropriedade de qualquer caso, simplesmente escutando os argumentos do outro, e se isso se generalizasse, mesmo em uma pequena sociedade de amigos ou companheiros, era como se aflorassem os fantasmas. Enchiam os copos de vinho para fantasmas conhecidos. (Os verdadeiros haviam desaparecido já fazia um bom tempo; todos os dias desapareciam quando subia o cheiro de carne da churrasqueira, como se ele lhes fosse adverso. Mas reapareciam depois, e mais ativos do que nunca, na hora da sesta, que constituía o seu acme, pelo menos no verão; no inverno era mais o crepúsculo da tarde.)

Isso fez o mestre de obras lembrar de certas lamentáveis anedotas do passado; alguns dos presentes trabalhavam com ele havia vários anos, e o acompanharam nas reminiscências. Por exemplo, a vez que tinham erguido um edifício, como este, ou maior, com uma precariedade de meios e ferramentas, sobretudo destas últimas, que não se podia acreditar. Parecia, disse, um dos contos de... esses mentirosos que nunca faltam; mas neste caso as testemunhas, Carlitos Soria precisamente entre eles, não o deixariam mentir. Que edifício?, perguntaram. O da rua Quintino Bocayuva. Ah, esse! Terrível, todos se lembravam. Havia sido um tormento. Em lugar de...

de quê?, de tudo, tinham tido que substituir até... tudo, qualquer coisa. Em lugar de carrinhos de mão, usaram uns carrinhos de bebê que encontraram jogados em um terreno baldio. Em lugar de baldes, vasos cujo buraquinho do fundo tiveram de tapar. E assim todo o resto, em uma verdadeira abjeção de substituições precárias, que os tinha marcado para sempre.

Em menos de uma hora, que se fez curta com tão interessantes conversas, desapareceu a comida, até o último bocado, incluindo as bananas, os pêssegos e o pão. Na realidade não tinha nada de estranho: tudo consistia em comer. Com o vinho, por outro lado, era diferente. Dir-se-ia que nem tudo consistia em beber. Mas de qualquer forma o tinham feito, e continuaram; em lugar de um café depois da comida, tomavam um copo de vinho, ou dois. De fato, se bebia absolutamente, depois. Mas, como sempre ocorre, uns mais e outros menos. Os três chilenos adultos (Abel Reyes tinha tomado Coca-cola) foram os mais velozes, e os que ficaram completamente embriagados. Tanto que, quando os demais começaram a ir embora, eles não atinaram em se despedir com total coerência. Na realidade tinham de beber um pouco mais ainda. Bebiam sentados, com o olhar perdido e algo sorridentes. Os demais terminaram de se esfumar, e houve algo assim como uma derrubada dos três indivíduos. Parecia que tinham aspirado o mundo inteiro, mas em pequenas doses, como se uma exaltação começasse a girar fora deles e os arrastasse. Mais ainda, mesmo que tivessem terminado com a cara no chão, era como se pudessem continuar bebendo, continuar enchendo os copos e levando aos lábios. Pelo menos a sensação continuava presente, como um grande sorriso em suas pessoas.

Às quatro da tarde, muito pouco depois da partida do último pedreiro, Elisa desceu para ver em que estado se encontrava o esposo. Teve de procurar duas vezes até encontrá-lo, caído como estava. Não se alarmou muito, mas sim se deu ao trabalho de ver se havia alguém mais. E de fato lá estavam os outros dois chilenos. Ocorreu que o chamado Bolsinhos despertou de um fugaz desvanecimento e se ofereceu de bom talante para ajudar a levar o marido para cima. Assim o fizeram; Raúl Viñas havia se recomposto o suficiente para que a companhia fosse apenas isso. O tal Bolsinhos, a quem a escalada tinha recuperado até sua lucidez quase normal, colocou-se à disposição para jogar a corrente da cerca de fora, ainda que ficasse sem o cadeado. E, depois de se despedir, desceu. O chileno restante, Castro, continuava dormindo, mas, quando Bolsinhos o sacudiu, despertou o bastante, só que mal-humorado, e como os dois iam no mesmo rumo, e bem longe (tinham de tomar o trem), se foram juntos, tranquilamente, ainda que algo vacilantes. Cumpriu a sua promessa de jogar a corrente na porta da cerca, e o edifício, para quem não se desse ao trabalho de averiguar a ausência do cadeado, estava fechado, cerrado. Não era assim, mas ninguém passava pela rua. Era hora da sesta, o momento mais calado e deserto, e o de mais calor. Fez-se um completo silêncio.

Quando o marido estava na cama, pacificamente inconsciente, coberto apenas com um suave suor de vinho, a mãe pediu para a Patri que fizesse o favor, o grande favor, sublinhando com certa irritação estas últimas palavras, de ir buscar as crianças, que, para começar, não deveriam ter escapado. A garota, que era toda educação e respeito, reprimiu um "ufa", mas não pôde fazer o mesmo com um suspiro, do qual se envergonhou, ainda que tivesse sido tão tênue como uma brisa nas profundas alturas do céu. Elisa, muito chilena nesse sentido, como em todos os demais, sabia perceber os mais sutis detalhes de uma intenção. Fez um comentário, então, para amortecer o que pudesse ter de inconveniente na sua ordem – ou, pelo menos, para tirá-la do seu trilho, fazê-la girar mais longe, onde estão as verdadeiras palavras, as que não querem dizer nada e não obrigam. Era incrível, disse, que com este calor tivessem energia para escapar. Brincar os entusiasmava de um modo tal que não se saciavam. Para eles era o equivalente de "viver" para os adultos: não porque se tenha vivido toda uma jornada, vai-se decidir morrer de noite. A Patri sorriu. Além disso, dizia a mãe, tinham se levantado cedo; e a falta de sono, que aplaca e adormece os maiores, deixa nervosos os pequenos; mas teriam de se deitar ou ficariam insuportáveis à noite. A Patri respondeu: não se comprometia a arrastar o Juan Sebastián para a cama, nem sequer a Blanca Isabel, sua cupincha. O mais velho odiava a sesta. Elisa pensou um instante. De fato, os tinha visto quando subiam com o marido. Lamentava não ter-lhes dito, assustados como os viu (sempre pensavam que o pai estava doente, a ponto de morrer), que a seguissem, e aproveitar o fugaz terror para encerrá-los no escuro; com um pouco de energia, bem que podiam dormir. Se escapavam, não tinha jeito. Por sorte não havia o perigo de que fossem para a rua. Por algum motivo, esse perigo não existia. Havia também a questão de cair, de um andar qualquer, até embaixo, já que o edifício continuava sendo um esqueleto de concreto, com algumas divisórias em pé, não todas, nem mais nem menos. Mas disso a mãe e a filha não falaram, nem fizeram alusão sequer nas suas reflexões pessoais. Uma vez tinham dito que tanto podia cair um adulto como uma criança, não havia nenhuma diferença já que a atração do planeta se exerce sobre isto ou aquilo do mesmo modo; é como perguntar o que pesa mais, se um quilo de chumbo ou um quilo de penas. Nesse sentido, produzia-lhes uma vaga e profunda repugnância o cuidado que punham os donos dos andares, quando faziam visitas como a desta manhã, para que os seus filhos não se aproximassem das beiradas. Se pensavam assim, para que tinham comprado estes apartamentos? Por que não iam viver em casas ao rés do chão? "Nós somos diferentes, pensavam eles, somos chilenos."

Mas, disse Elisa, havia um modo mais fácil de fazer as coisas afinal de contas, e era tirar deles os carrinhos. Sem eles não teriam mais motivo para continuar sumidos. Se os conhecia, e estava certa que sim, daria resultado. Tinha ocorrido a ela algumas vezes. A Patri disse que os esconderiam. A mãe se agachou, tranquilamente (estavam na porta do apartamentinho, falando a meia-voz, sem grande motivo porque Viñas não iria despertar), e pegou uma caixa de papelão cheia de brinquedos. Com mão esperta, se pôs a fuçar. Conhecia todos os brinquedos dos filhos de cabeça. "O amarelo grande, o vermelho, o caminhãozinho azul..." Tinham em seu poder, calculou, quatro, exatamente. Além disso, falou quais. A Patri não a escutava com atenção. Não achava que pudesse recuperá-los, e trazer as crianças de arrasto. Deixando um só, nada mais do que um, esse diabo do Juan Sebastían arranjaria um jeito de não dormir um instante.

Foi para a escada e desceu até o sexto andar. Para ganhar tempo convinha registrar os andares um por um e quarto por quarto. Se a ouvissem se esconderiam. Faria tudo com sistema, mas estava como que distraída, algo abobada pelo calor, e pela hora. O sexto lhe pareceu interminável. Essa claridade terrível, à qual vivendo lá em cima tinha se acostumado tanto no que ia do verão, que já tinha as pupilas permanentemente reduzidas a pontos do tamanho da ponta de um alfinete, esse vazio perpetuamente cheio de ar, tudo tornava improvável que não encontrasse nada. Não entendia, e não podia entender nesse estágio da construção, a disposição dos quartos, que de todos os modos lhe pareciam excessivos. Considerava absurdo o costume de multiplicar a quantidade de quartos de uma casa. Nas famílias não podia haver tanto protocolo como em um palácio real. Se as pessoas se pusessem a multiplicar os quartos por suas necessidades, podiam se lançar ao infinito e não fincar pé nunca mais na realidade. Um para costurar, outro para bordar, um para comer, um para beber, um para cada coisa, enfim. O mesmo quarto se reproduzia, ou todos respondiam, como em um espelho posto sempre mais longe, à sensatez dos pensamentos. Sua mãe o tinha expressado muito bem, mas havia deixado a desejar na generalização. Porque a saciedade da existência era uma ilusão que afetava tanto as coisas como as pessoas. Seja como for, não estavam.

Quando desceu ao quinto, já estava cansada e os seus olhos se fechavam, o que para ela era uma relativa surpresa porque não gostava da sesta, nisso continuava sendo uma criança. Depois de comer tinham estado as duas vendo televisão, os pratos já lavados e toda a minúscula casinha no alto impecável de limpeza (relativamente ao que podia ser, considerando o estado incompleto da construção). Teria preferido continuar assistindo à tevê, mas a espécie de programa que viam tinha terminado, e os que começavam pediam outro tipo de atenção.

Poderia parecer curioso que na hora do almoço, quando Abel Reyes subiu, a sua prima Patri o tivesse cumprimentado com um beijo. Na realidade era o normal, dar-se um beijo na bochecha como cumprimento. O curioso poderia ter parecido que tivessem de se cumprimentar, quando ele estava trabalhando desde a primeira hora da manhã no mesmo edifício. Mas ocorria que não tinham se visto, e se viam muito de vez em quando, porque ela não descia quase nunca. As compras eram feitas pela sua mãe, e era raro que precisasse de ajuda. Descia uma vez por dia, e às vezes nem isso. Ajudava muito na casa, via televisão, cuidava dos meio-irmãos. Era bastante caseira, como todos os chilenos, quando não são viajantes por excelência; ela tinha algo das duas coisas. Tinha quinze anos, o seu sobrenome era Vicuña, como a mãe, porque a tinha tido de solteira. Muito calada, muito séria, com lindas mãos.

No quinto tampouco estavam, segundo pôde (ou acreditou) comprovar depois de ir da frente aos fundos, peça por peça. Ao menos não estavam os pequenos, porque os outros personagens, tão incômodos, os fantasmas, eram legião. A essa hora sempre apareciam. Bastava ir ver. A certa distância, isso sim. Eram eles os que mantinham o afastamento, com uma espécie de altivez incompreensível. Tinham resolvido gritar, soltar estrondosas gargalhadas que faziam tremer o céu. Quem sabe por quê. A Patri não teria prestado mais atenção que de costume se não fossem por duas circunstâncias bem particulares. A primeira era que os fantasmas não eram dois ou três ou quatro, como se podia esperar deles, dada essa estranheza característica que os constituía, mas uma verdadeira multidão, que saída daqui e dali, afastando-se, sem deixar de rir e gritar como balões que rebentassem. A segunda, mais notável ainda, era que a olhavam. Normalmente não olhavam nada, não pareciam prestar atenção em nada nem ter atenção. Agora era a mesma coisa, mas como se além disso fizessem uma exceção a ela. Dir-se-ia que lhe dirigiam as suas grandiosas gargalhadas sem sentido. Não levava a mal porque não era sério, mas antes como um teatro de fantoches voadores, ainda que um teatro fora de lugar e inapresentável. Não era, está claro, que a moça não tivesse visto homens sem roupa (não tantos, por outro lado); isso não lhe causava nenhum temor em especial. Mas tinha a sua face inverossímil também, pois não era algo que se pudesse ver correntemente como aqui, sem uma situação prévia. Que flutuassem no ar acentuava a impressão equívoca. Algumas vezes havia escutado falarem, e tinham-na deixado muito pensativa, por pouco tempo. Parecia fácil surpreendê-los, deslizar às suas costas. Mas talvez não fosse tão fácil.

Debruçou-se na sacada da frente e olhou para a rua deserta. Um carro passou velozmente. Atravessou todo o andar até os fundos procurando as crianças, e se debruçou também. Ali batia o sol, que era um verdadeiro fogo. Pareceu-lhe ver cair muito rápido, mais rápido inclusive do que os corpos que caem, o corpo nu, coberto de pozinho branco, de um fantasma. Podia ter sido uma ilusão de ótica, mas comprovou que não era assim quando ouviu uma nova onda de gargalhadas, um riso quase desesperado de tão ruidoso, em um grande coro. Quando voltava para a escada, a mesma coisa: aí estavam, ou tinham aparecido, balançando-se estupidamente alguns, como grinaldas, outros mantendo um perfeito equilíbrio; mas todos o mantinham; só variava o método. De repente, às suas costas, um movimento rápido a fez voltar, um toque que pareceu mais real do que o resto. Era, com efeito, Blanca Isabel, olhando-a com uma surpresa que desaparecia. Era uma menina bonita, uma mudança notável na família, vivaz, muito inteligente, segundo os pais. Ainda que sobressaltada, já que devia suspeitar por que a sua irmã vinha aqui embaixo, no seu rosto se abria um sorriso: acreditava tê-la surpreendido olhando para algo que não devia. Era como se fosse começar a cantarolar. A Patri não considerava que estivesse "olhando" as partes pudendas dos fantasmas, nem pensar. As gargalhadas deles lhe confirmavam. "Vamos fazer a sesta!", disse com energia, desconcertada ela também. Foi uma tática ruim, porque a menina não queria e escapou. Chegou à escada antes que ela e começou a descer cochichando algo aos outros, que deviam estar por ali. A Patri pensou que deveria se apressar se quisesse agarrá-los, mas não tinha vontade. Fazia demasiado calor, estava cansada. De modo que ouviu impotente como se produzia a debandada. De qualquer forma, pelo impulso adquirido, chegou até a escada. Juan Sebastián a olhava do patamar seguinte, disposto a descer rumo ao terceiro. "Vamos", disse, "ou a mamãe vem te buscar". "Por quê?", respondeu ele. As crianças sempre perguntam por quê. "Porque tem que fazer a sesta." "Eu não sei dormir. Como se faz?" "Onde estão os teus irmãos?" "Sei lá!" A Patri começou a descer e o menino escapuliu. Já estava um andar mais abaixo. De qualquer modo podia cercá-lo, se decidisse descer todo o edifício. Mas o muito safado conhecia lugares onde podia se esconder e dispor de duas saídas, com o que a caça se faria permanente. Isso não servia. Levantou a voz para amedrontá-lo de longe mais uma vez. Sentia-se aflita e não entendia por que tinha descido. Não passaria daqui.

Que bobagem pueril, caçar crianças na hora da sesta! Se não quisessem dormir, que não dormissem. Para ela tanto fazia, e estava certa de que para a saúde das crianças também. Enfim, já que tinha descido ao quarto, levaria ao menos a menininha.

Teve sorte porque aí estava o pequeno Ernesto mirando-a com os seus lindos olhos grandes e escuros. Oi, cumprimentou como escondendo algo. Contra a parede havia uma mancha molhada, à altura exata para indicar de que se tratava. Estava proibido urinar em qualquer parte dentro da obra, mas faziam mesmo assim. Ela sacudiu a cabeça em reprovação. Tirei o pirulito e fiz, disse o menino. Já sei que é fácil, respondeu a Patri, mas o papai vai te xingar. Foi o papai que fez. Aqui?, ela perguntou. O menino olhou ao seu redor, suavemente desconcertado. Parecia querer dizer duas coisas: primeiro, "todos os andares são iguais para mim", e segundo, "todos tiram o pirulito". A doçura, a mansidão para pensar e aparentar provinham do sono que o dominava à sua revelia. Além disso, não lhe faltava parte de razão nas duas vertentes da sua desculpa. Na obra, talvez precisamente pelo efeito da repetição imperfeita quase ilusória que reinava de cima a baixo, havia um clima de estival exibicionismo, que, à sua meia-irmã, mais do que escandalizar (tinha nascido, mesmo ela, tarde demais para isso), intrigava. Tinha visto os bandos de fantasmas sacudirem as suas vergas robustas e dirigirem o jorro de urina para o céu, como uma chuva, do pátio do térreo, o seu lugar favorito para esse esporte, até fazer uns arco-íris de tom metálico, na brancura das sestas. No dia em que tinham instalado a grande antena redonda no terraço passaram horas fazendo, da beirada.

Para cama, ou tua mãe vai te bater, disse-lhe. O menino, obediente e meio adormecido, foi para a escada. Onde está a Jacqueline?, perguntou. Onde estava um estava a outra: os dois menores eram os mais companheiros. Ele encolheu os ombros. A Patri chamou-a em voz alta. Vou indo, disse enfim. Encaminhou-se atrás do menino. Quando ia pela metade da escada apareceu às suas costas a Blanca Isabel carregando a pequena com intenções de levar a salvo ao terceiro. Então a Patri se voltou e começou a descer rápido. Bastou o gesto para que a Blanca Isabel deixasse a irmã no chão e escapasse sozinha, descendo os degraus de três em três. Jacqueline começou a chorar. Quando a Patri a ergueu, acalmou-se imediatamente. Rodeou o seu pescoço com os dois braços e reclinou a cabeça no ombro. Não pesava nada. Era incrível que aos dois anos continuasse tendo o tamanho de uma boneca. Na realidade, era o caso de todas as crianças. Podiam ser relativamente grandes ou pequenas para a sua idade, mas sempre eram minúsculas comparadas com um adulto. Tinham todo o humano, mas em outra escala. Isso podia bastar para torná-las irreconhecíveis, ou para se acreditar diante das deformações inexplicáveis de um sonho. Como havia dito o Ernesto fazia um momento: o pirulito. Devia ser por isso que as crianças brincavam todo o tempo, e o faziam com modelos reduzidos de coisas reais: carros, casas, pessoas. Um teatro em miniatura, cujas portas se abriam e se fechavam uma e outra vez. Na noite anterior, na televisão, tinham visto o *Show do carinho, das beijocas e das ternurinhas*, em que duas marionetes, uma rã e um urso, recitavam os nomes dos pequenos que faziam anos ou escreviam para o programa. Não perdiam nunca, ainda que nunca lhes tivessem escrito. Pois bem, as marionetes apareciam em um minúsculo cenário com dois postigos de janela no lugar do pano, que se abriam quando começavam o seu ato e no fim se fechavam. Os postigos pareciam abrir sozinhos, e na distração com que se veem os programas, a Patri havia suposto que se abriam sozinhos na realidade, ou empurrados de dentro, ou de qualquer jeito. Mas à noite uma falha na iluminação, ou o descaso geral com que eram feitos os programas, permitiu ver que os postigos brancos eram abertos por umas mãos com luvas brancas, e portanto invisíveis, ou mais ou menos invisíveis. Os pequenos não se deram conta de nada, mas ela sim. A mãe, que estava vendo, também percebeu, e ainda que não dissessem nada, as duas pensaram nos fantasmas. Não disseram nada porque não valia a pena, para não terem de abrir a boca. Mas, ao lembrar agora, a Patri encontrava um significado, ou pelo menos uma alusão, sexual.

Do que brincavam?, perguntou ao Ernesto. De que os senhores eram nossos pais. Suspirou com reprovação. Que chocante! Decerto que era uma ideia dos dois maiores, esses demônios. Tinha necessariamente de lhes ocorrer ideias assim.

Igual e diferente, o quinto andar envolveu os três em uma renovada capa de silêncio. Diz-se que o silêncio aumenta com a altura, mas a Patri, que vivia de modo quase contínuo no alto, não estava tão segura. Contudo, se era certo e se havia uma escala, a diferença entre um andar e outro deveria ser sentida, ou pelo menos deveria senti-la alguém com o ouvido bem afinado, por exemplo um músico, mas exercitando-se ao contrário do seu ofício. Ao subir do quarto ao quinto sentiu o silêncio se espessar; mas o fato não provava nada, porque os dados da realidade, isso ela tinha comprovado, sucediam por casualidade, ou antes por um inextricável cúmulo de casualidades. Além disso, se, como é bem sabido, os sons sobem (deve ser porque, segundo a frase gasta, "são mais leves que o ar", por ser uma parte deste), então deviam ser ouvidos mais em cima do que embaixo: a superfície devia ser silenciosa. Iam-se debilitando ao subir, de acordo, porque a altura era uma distância. Mas os seres humanos, em circunstâncias normais, pousavam na superfície. Um homem posto em uma grande eminência, se olhava para baixo, veria à meia-altura, como dois ludiões imantados, flutuar os dois umbrais correspondentes: o do som ao passar ao imperceptível, e o do seu próprio alcance de audição. Mas os homens flutuando no ar... já sabia o que era isso. Em matéria de ruídos, e até de ímãs!, durante os meses em que estava vivendo aqui, os mais notórios e arrepiantes eram os dos gatos. O bairro estava cheio de gatos selvagens: os jardins da Universidade Teológica, as carcaças de carros que a polícia havia estacionado permanentemente ao longo de toda a quadra, a praça a cem metros, o parque gigantesco (um quarteirão inteiro) do colégio de freiras com os seus arbustos selváticos, e sobretudo as casas abandonadas, cada uma com a sua clientela de velhas bruxas que punham leite e carne picada duas vezes por dia, eram os seus refúgios, o seu meio de proliferação. Não se podia acreditar como gritavam. No princípio os havia tomado por crianças loucas. Mas era muito mais do que isso. O inumano desses chirrios tinha algo de só seu. E a velocidade, porque eram gritos que acompanhavam uma corrida, uma fuga, à diferença dos do carateca que fica imóvel quando grita. (A Patri havia treinado caratê no Chile, a conselho do padrasto. Por diversas circunstâncias, entre as quais estava a sua inata repugnância pela perfeição, não tinha conseguido fazer o exame que a teria feito digna da faixa azul. Ainda assim, o azul era a sua cor preferida.) A assombrosa atividade dos gatos, obscena como era, fazia-lhe pensar nos fantasmas, que manifestavam como o reverso da obscenidade, como uma inocência.

Manifestavam-se, por exemplo, neste momento. Saíam da luz, da transparência: eram opacos, bem opacos, mas com essa brancura do pozinho de cal se confundiam com a luz. De onde trariam a cobertura? É certo que na obra estava tudo empoeirado, mas neles era especialmente notável pela regularidade com que estavam branqueados até o último centímetro de pele. E o pozinho tinha bastante para cobrir, porque eram robustos, grandes ao estilo argentino, até roliços. Ainda que bem formados em geral, alguns, a maioria, tinham barriga. Até os lábios estavam empoeirados, até a planta dos pés! Só em determinados momentos, de certo ponto de vista, na ponta de seus membros viris, a borda do prepúcio deixava ver um minúsculo círculo da glande, de um vermelho brilhante e úmido. Era o único ponto de cor em suas pessoas. Os pássaros que se rolavam nas cinzas não chegavam a um resultado tão uniforme. A Patri atravessava o ar pelo qual tinham deslizado, sem se preocupar que o seu alento se confundisse com o deles. Ela pisava no chão. Que destino o seu: tinha caído no meio de um campo de nudismo, sem saber nem desejar.

Cansada, e enfadada, porque ela também estava com sono, e como era bastante menina, pela idade, precisava dormir muito, não lhes prestava atenção. Sentia como se tivesse perdido tempo, mas um tempo que, por sua vez, não servia para nada além de perdê-lo. A hora da sesta tinha essa característica. Os homens misteriosos dirigiam-lhe olhares a certa distância, que ela não podia dizer que devolvesse com consciência. As risadas, pelo menos, tinham se dissolvido. Havia uma altivez, um rigor, nos tênues bandos. Estavam, simplesmente.

A mãe esperava na saída da escada em cima: E os outros?, foi a primeira coisa que perguntou. Ernesto começou uma explicação, e a Patri encolheu os ombros: Não consegui pescar ninguém, disse: escaparam. Fatalismo implícito nas duas. Levou-os para dentro. Que calor!, disse o pequeno ajustando-se à verdade. Meteu-os no quarto, onde o pai roncava. Nem sequer lavou os seus pés; em alguns segundos estavam perfeitamente quietos. Na sala de jantar a Patri viu as sacolas preparadas e se lembrou que tinha de fazer compras. Quando Elisa saiu do quarto, ofereceu-se para ir no seu lugar, com uma lista. Não, disse a mãe, desta vez tenho de ir eu, porque ainda não pensei bem no que vou comprar; certamente, o que veja. Na família não davam muita importância para a comida, sempre que fosse nutritiva e saborosa. De passagem, acrescentou, vou buscar esses garotos e levo junto. Isso era bom. Mas além disso falou: Vou levar para tomar um sorvete, já que não dormem. A Patri fez um gesto, como dizendo: perfeito castigo, por comportar-se mal. A ela não levavam para tomar um sorvete, com o tanto que a amavam. Deita tu também, disse a mãe. Parece que é o que eu vou fazer, respondeu. Elisa pôs os sapatos e pegou as sacolas. Venho loguinho. Até logo, disse a Patri.

Saiu, e a moça tirou a manta feita à mão que cobria o sofá que era a sua cama. Empurrou as cadeiras contra a mesa. Tirou o vestido e se meteu debaixo do lençol; era incômodo fazê-lo, por causa do calor, mas acabava sendo mais conveniente, pois o quarto era a entrada da casinha, e podia vir alguém. Fazia um calor de fogo. O silêncio tinha se tornado quase total, com um vago eco de gargalhadas que a adormeceu ainda mais. Logo se fechavam os seus olhos. Dormiu.

Sonhou com o edifício no cume do qual dormia, mas sem se adiantar à construção, sem vê-lo completo e habitado senão tal como se encontrava agora, quer dizer, em obras. Era uma visão tranquila, sem profecias inquietantes, sem invenções, quase um modo de constatar os fatos. De qualquer forma entre sonho e realidade há uma diferença, mais notável quanto menor é o contraste entre um e outra. Neste caso a diferença se refletia na arquitetura, que já em si é um reflexo entre o que se construiu e o que se construirá. E a ponte dos reflexos era um terceiro termo, que é praticamente tudo na matéria: o não construído.

O não construído é característico das artes que exigem para a sua realização o trabalho pago de grande quantidade de gente, a compra de materiais, o uso de instrumentos caros, etcétera. O caso mais típico é o cinema; qualquer um pode pensar em um filme por fazer, mas as travas que impõem o saber fazer, os custos, o pessoal, fazem com que noventa e nove vezes de cada cem o filme não se faça. A tal ponto que se poderia pensar se esse custoso tormento que os avanços da tecnologia não fizeram nada para aliviar, bem pelo contrário, não faz parte essencial do encanto do cinema, e paradoxalmente o coloca ao alcance de todo o mundo, em termos de devaneio impraticável. Com as demais artes, em maior ou menor medida, acontece o mesmo. Mas se poderia pensar em uma arte em que as limitações da realidade tocassem no seu mínimo, em que o feito e o não feito se confundissem, uma arte instantaneamente real e sem fantasmas. Talvez exista, e seja a literatura.

Nesse sentido, por sua vez, todas as artes têm uma base literária, fundida na sua história e no seu mito. A arquitetura não é uma exceção. Nas civilizações avançadas, ou pelo menos sedentárias, o edifício necessita da colaboração de vários grêmios: pedreiros, carpinteiros, pintores, e depois eletricistas, encanadores, vidraceiros, etcétera. Nas culturas nômades a vivenda é feita por uma só pessoa, quase sempre a mulher. Nestes casos, o social, essa extensão simbólica inevitável, se dá na disposição das vivendas no acampamento. Com a literatura acontece outro tanto: há obras em que o autor se torna, por contração simbólica, a sociedade inteira, e escreve com a colaboração real ou virtual de todos os especialistas de sua cultura; outras obras são feitas pelo homem (que na ocasião se torna mulher) sozinho, sem ajuda, e então a sociedade fica significada pela disposição dos livros próprios e alheios, por seu aparecimento periódico, etcétera.

Mas no sonho da Patri a analogia arquitetônica prosseguia um pouco mais. Há na África uma engraçada raça de anõezinhos, os pigmeus mbutu, caçadores nômades, sem chefe nem hierarquias. Cada qual faz a sua, e todos fazem a de todos, sem drama. Vivem em bandos não muito numerosos, de umas vinte ou trinta famílias. Quando decidem acampar o fazem em uma clareira do bosque e a configuração do acampamento é do tipo "anel", a qual os antropólogos consideram típica das sociedades igualitárias. As choças formam um círculo, com o centro vazio. Os antropólogos às vezes também sonham. Pois como seria possível ver este "anel" senão de um avião? Demais está dizê-lo, os pigmeus mbutu não voam; se tivessem que voar teriam nascido com asas. Por outro lado, é discutível que o centro esteja "vazio", já que o ocupa o espaço que o torna centro. "Quem fala no centro é ouvido por todos", dizem os antropólogos, em uma involuntária referência à ventriloquia onírica. As choças dos mbutu são uns cascos isótopos em qualquer de cujos pontos pode-se abrir um buraco; só o que eles abrem é a porta, e o fazem na direção dos vizinhos com quem melhor se dão. A senhora se aborrece com a vizinha por isto ou aquilo? Nenhum problema, anulam a porta e abrem outra mirando para os vizinhos do outro lado. Os pesquisadores que tomam nota do fato não percebem a consequência do sistema: que o mbutu sociável de verdade viveria na casa todo portas, quer dizer, sem casa; e, ao inverso, que a construção feita e completa se baseia na inimizade.

Exemplo contrastante, os bosquímanos. Também são errantes e o seu acampamento tem forma de "anel". Só que no centro do anel existe algo. Colocam as casinhas ao redor de uma árvore; sob a árvore o chefe do bando constrói a sua choça; na porta da choça o chefe acende um fogo. O que faltava nos mbutu não era o centro, mas o seu símbolo. Passar da ausência à presença do símbolo implica já uma acumulação simbólica: a árvore, o chefe, o fogo... Por que não uma rosa, uma girafa empalhada, um barco afundado, um mosquito pousado casualmente no lóbulo da orelha de um espião do Terceiro Reich, um aguaceiro e uma réplica da Vitória de Samotrácia?

Esses negrinhos são cômicos, mas as coisas não são diferentes entre os muito sérios zulus, que são caçadores e guerreiros. Quem teve a funesta experiência de enfrentá-

-los (por exemplo, o filho do imperador Napoleão III e Eugenia de Montijo) pode confirmar que a sua ordem de batalha é um semicírculo de homens com a concavidade aberta ao inimigo, o qual "envolvem" antes de aniquilar. O método é uma reprodução do que os zulus usam para caçar. E é o mesmo que ganha a disposição do acampamento: um semicírculo côncavo de choças. Nos dois primeiros níveis, da caça à guerra, há uma passagem do real ao simbólico, sem perder o prático. Não é que um nível suceda ao outro, porque poderiam ser simultâneos ou inclusive poderia ter ocorrido a um zulu caçar uma zebra suculenta com o sistema que tão bom resultado tinha dado com o príncipe imperial. Quanto ao acampamento, à arquitetura, construído ou não (porque não só as choças devem ser levadas em conta mas também as interpretações e as intenções), constitui um retorno do simbólico ao real, porque a vida é real e os zulus têm que viver, além de caçar e guerrear. Mas se supõe que eles fazem isso involuntariamente, sem se propor, como acontecem os sonhos. No centro das suas aldeias, no vazio, há uma sucção sangrenta, uma mera elegância.

A chave arquitetônica da alternativa construído/não construído, a chave refratária às analogias, é a fuga do tempo em direção ao espaço. Essa fuga é o sonho. (De modo que o da Patri não por capricho é uma arquitetura.) Exceto nas fábulas, se dorme em uma casa. Mesmo que a casa não esteja construída ainda. Nesse fato há uma célula, talvez original, da vida sedentária. E enquanto que os hábitos, sedentários ou nômades, são feitos de tempo, os sonhos estão livres dele. O sonho é espaço puro, disposição da espécie na eternidade. Tal exclusividade é a que faz da arquitetura uma arte. A partir desse ponto o não construído, matéria mental sem tempo, sai do campo da possibilidade, deixa de ser o fracasso pessoal de um arquiteto ao qual não financiaram esta ou aquela edificação arriscada, se torna absoluto. Inclusive a mescla de construído e não construído se torna absoluta. A obra em cujo pináculo dormia a Patri, por seu estado incompleto e por tudo o que pensavam fazer nela os decoradores, era o modelo real dessa mescla; estava a um passo do absoluto; só faltava que esses tijolos e cimentos e metais, em uma fluida manobra, expulsassem de seus átomos o tempo. A jovem sonhava com esse propósito.

Dito isso, se o não construído, ou a mescla da qual participa, pode ser considerado um fenômeno "mental", como o sonho ou o jogo em geral das intenções, a mente por sua vez pode ser considerada como dependente do fenômeno do não construído de que o arquitetônico é a manifestação exemplar.

Há sociedades onde o não construído prevalece de maneira quase pura, por exemplo entre os aborígenes australianos, essas "velhas solteironas de província", segundo Levi-Strauss. Sem construir nada, os australianos se limitam a pensar e sonhar acordados com a paisagem em que vivem até fazer dela, à força de contos, uma completa "construção" significativa. O processo não é tão exótico quanto parece. Dá-se todos os dias na civilização: é a "cidade mental", como a Dublin de Joyce. Isso dá o que pensar... A arquitetura não construída, será a literatura? O urbanismo nas sociedades civilizadas reduplica até esvaziar a sua função simbólica; se nas primitivas sociedades nômades a disposição do acampamento preenchia a função que não preenchia a construção da casa, quer dizer, o propriamente social, no urbanismo das grandes cidades contemporâneas, onde as construções requerem o concurso da sociedade em todas as suas potencialidades e habilidades, o urbanismo repete uma função já ocupada, e termina carecendo dela (completa antes uma função de tipo simbólico policial). Ou bem se deveria dizer que deixa ali um "simbolismo vacante", uma energia de simbolização não ocupada por nenhuma necessidade atual. Poder-se-ia pensar no caso dos nias e suas duas divindades, gêmeas e opostas, Lowalani, que representa as forças positivas, e Latura Dano, as negativas. O mundo segundo os nias é uma estratificação de nove planos superpostos, no mais alto dos quais se encontra Lowalani dormindo com a sua consorte, deusa sem nome (chamemos de Patri) de tipo mediador. A aldeia dos nias, em seu urbanismo, "representa" esta construção, é claro que no plano, significando o alto, digamos, pela direita, o baixo pela esquerda, ou como for. Agora, a "propriedade horizontal", os arranha-céus, que os nias não construíram (mas apenas em uma negação da negação do não construído), representariam o simbolismo diretamente. Do que se deduziria que sempre uma construção responde a uma não construção de outro lado. Na mesma linha se acham as bonitas maquetes de madeira, de edifícios de vários andares lotados de pessoinhas e animais, que são feitas pelos nativos de Madagascar, em forma de brinquedo. Se alguma coisa estas maquetes representam, é "a casa das crianças", outra forma do não construído.

Mas os australianos, os australianos o que fazem? Como estruturam a sua paisagem? Postulam em primeiro lugar um construtor originário, do qual eles seriam apenas os meros hermeneutas: o animal mítico, que atuou na "época do sonho", quer dizer, uma era originária, cujo nome alude à qualidade de não comprovável. Dormia-se, então. Na época do sonho estão as causas de que a paisagem visível é efeito. Por exemplo, a serpente que se arrastou por esta planície formando estas ondulações do terreno, etcétera, etcétera. Estes "snobs", estas "velhas solteironas", estes aborígenes tão curiosos se dão ao trabalho de ter fechado os olhos enquanto sucediam as coisas, o que lhes permite ver os acontecimentos na sua forma mundana. Mas o que veem é uma espécie de sonho, o despertar é de um sonho, pois a história verdadeira (a serpente, não as colinas) teve lugar enquanto dormiam.

A época do sonho, como doadora de sentido ou garantia da estabilidade dos sentidos, é o equivalente da língua. Mas para que os aborígenes australianos precisavam de um equivalente? Por acaso não tinham uma língua? Talvez desejassem ter, como os egípcios, uma escrita em hieróglifos, e a fizeram com a terra em que pisavam.

Os elementos da geometria australiana são tão simples quanto eficazes: o ponto e a linha, nada mais. Nas suas andanças pelos páramos e bosques, o ponto e a linha estão representados respectivamente pela parada e o itinerário; com uma linha e um ponto, com uma linha que atravessa muitos pontos ao cabo de um ano, em todo tipo de direções, se faz um grande desenho, a representação do destino. Mas há algo de muito especial aqui: pelo ponto, pelo preciso ponto do ponto, o homem pode, como a agulha da costureira, passar para o outro lado, para o lado do sonho, e então a linha muda de propriedade: o itinerário alimentício se torna itinerário mítico. O que dá uma terceira dimensão ao desenho do destino. Mas acontece que a passagem pelo ponto se dá a cada momento, pois não há pontos privilegiados (como supuseram os pesquisadores que seriam os poços d'água: estes são apenas o modelo do ponto de passagem, que por direito se encontra em qualquer lado e é todos os pontos do itinerário), e o itinerário alimentício sempre está se transformando em mítico e vice-versa. Esses pontos pelos quais se atinge o outro lado têm algo de sonho, já não de época do sonho, mas antes de trabalho do sonho. O homem entra na época do sonho não mediante uma prodigiosa viagem perigosa, mas com o movimento ambulante de todos os dias.

Para simbolizar o ponto os aborígenes australianos têm o "poste sagrado" (chamá-lo assim é uma maneira de falar, é claro, porque de sagrado não tem nada), que levam consigo e plantam em cada parada, ao anoitecer, ligeiramente inclinado, como a torre de Pisa, para indicar a direção que tomarão no dia seguinte. Esse poste é decorado com entalhes alusivos ao itinerário mítico, e desse modo reúne os dois motivos contrapostos da parada (o poste a assinala pelo lugar onde está plantado) e o itinerário (representado pela inclinação e pelos entalhes, quer dizer, duplamente, porque o itinerário tem duas fases, a alimentícia e a mítica, enquanto que o ponto é um só, é sempre ponto de passagem).

Mas o sonho da Patri ia mais longe, mais alto, a sistemas diferentes, cada qual mais original e estranho. A construção da paisagem, em tantas espécies de indígenas despreocupados e felizes, chegava em alguns casos a sua máxima simplificação. Por exemplo, entre alguns ilhéus da Polinésia, para quem toda a paisagem a considerar são essas manchas de terra ou corais que emergem do mar, e que se diriam à deriva, flutuantes... Isto eles resolvem com muita facilidade, com duas linhas menos imaginárias do que utilitárias as quais estendem, da ilha para baixo, até o fundo do mar, como uma âncora, e da ilha até uma estrela em posição zenital, que evita que afunde.

E mesmo este sistema dos polinésios é complicado se comparado a outros, sobretudo virtuais, que procedem da humanidade e vão em direção ao pensamento – um itinerário, por sua vez, dobrado de sonho.

Depois da não construção, e como sua forma de constituição lógica (vale dizer, *antes* da não construção), vem a construção. Em sua face real, a construção é a decoração. A decoração em arquitetura é sempre uma ampliação, uma ampliação de tudo e de qualquer coisa, da qual só o que se retém é o processo de ampliação. Nos povos agricultores, a acumulação de bens e a gestão das desigualdades sociais fazem com que a construção ganhe o caráter de "mundo artificial" em que se encerra o privilegiado por seu status, qualquer que seja este (até o de pária). Então a arquitetura, que paradoxo, se faz "real"; e se o mundo até então, a paisagem, o território, haviam sido a miniatura artística do homem, sua lanterninha dos sonhos, agora vem a etapa contrária, a da ampliação, da qual surge a decoração, que é tudo.

O desenvolvimento da arquitetura "real", quer dizer, dos elementos decorativos, está diretamente ligado com a possibilidade de acumular provisões para os trabalhadores ou escravos que fazem o trabalho, que o fazem sem ter tempo de ir caçar ou recolher comida. Essas acumulações incidem na desigualdade. Um mecanismo que se usa para diminuir os excessos de acumulação, e regular a riqueza (sem regulação não haveria riqueza), é o *potlatch*, a festa em que se dilapida todo tipo de comida e bebida e outros elementos, em um gasto louco, momentâneo, que faz voltar as coisas ao seu nível desejável. A festa, associada às formas temporárias ou perecíveis da arte, cumpre com o seu fulgor e a sua abundância a função de atrair a maior quantidade de gente possível; a quantidade é necessária por sua vez para que a manifestação artística, que não vai permanecer no tempo, seja apreciada pelo maior número possível de pessoas. Há uma economia inerente à manifestação artística, em todas as suas formas, e esta é a que se dá neste caso.

Claro que o *potlatch* é ainda a pré-história da festa, a sua genealogia, se poderia dizer, porque com o tempo deve surgir a alternativa de que não se faça presente *mais* gente senão gente especial, a gente que importa, sua utilização da sociabilidade. O fim lógico deste processo é a festa unipessoal, de que o sonho é o modelo mais acabado.

No sonho da Patri se retirava o edifício da rua José Bonifacio. Imóvel, mas ao mesmo tempo refém de um movimento interior, intersticial. Um vento, o típico vento dos sonhos, tão típico que se pode dizer que os sonhos são um vento, bateu de repente e dissolveu o edifício em pequenos cubos do tamanho de dados. Era a passagem ao mundo dos desenhos animados. O edifício se reconstruía em outro lugar, com outra forma, uma recombinação de átomos. Voltava a se desfazer, com um vento que arrastava as suas partículas, uma das quais vinha até o olho aberto da Patri, e quando estava sobre ele mostrava em sua microscopia uma completa casinha com todos os seus quartos, todos os seus móveis, os seus candelabros, tapetes, cristais, e o molinete de ouro que girava ao sopro das estrelas.

Duas horas depois de ter descido, Elisa Vicuña subia a escada carregada de sacolas cheias de compras. O calor não tinha afrouxado nada, muito pelo contrário. Estavam nesse ponto de uma jornada de calor em que se chega a suspeitar de certa malevolência do clima. Subiu os últimos andares sozinha porque Juan Sebastián e Blanca Isabel recuperaram os carrinhos onde os tinham deixado e ficaram brincando, não tanto porque ainda tivessem vontade e sim por medo, ainda, de que a mãe lhes fizesse deitar. Já não havia perigo, porque a hora da sesta tinha passado, mas pelas dúvidas, e também para não ceder, escaparam.

Tinham ido a uma sorveteria com ar-condicionado, onde ficaram um bom tempo. Essa pausa a tinha reposto um pouco, mas o contraste ao sair tornava mais lamentável a insistência do calor. Viu que a sua filha mais velha dormia. Não a acordou. Foi para a cozinha, tirou as provisões das sacolas, não guardou nada na geladeira porque não tinham uma, e depois começou a lavar. Tampouco tinha máquina de lavar, mas isso não era motivo de excessiva preocupação para ela, ainda que teria gostado. Na realidade se entretinha lavando, e gastava bastante em sabões e detergentes especiais, além do alvejante. Curiosamente em alguém que praticava com tanto gosto este passatempo, não tinha as mãos muito estropiadas. O que importava que esses dois moleques não quisessem dormir! Ela tampouco fazia a sesta, hoje: não tinha vontade. Por diversos motivos coincidentes, a roupa tinha se acumulado. Encheu as duas bacias e os dois baldes de plástico e começou a fazer misturas de diversos produtos, que culminavam sempre com um vigoroso jorro de alvejante. Começou a esfregar umas camisetinhas das crianças. Sentia-se deprimida: pelo calor, pelo trabalho que tinha tido desde de manhã, e o que teria depois, pelo fim de ano, por seu marido, etcétera, etcétera. Não era algo momentâneo. Passava por uma etapa de depressão devido ao fato de não terem se mudado, como havia sido o seu desejo, ou antes o seu plano. Seu marido tinha se deixado tentar por uma bonificação especial que prometeram caso ficasse até o final dos trabalhos. No dia de hoje, pensava, ela deveria estar em sua outra casa. Não que fosse melhor do que esta, mas era uma ideia que ela tinha criado, e não lhe agradava, como não agrada a ninguém, que os acontecimentos não coincidam, sobretudo quando a sua ideia não tinha peso nem valor algum. Compraria alguma coisa com essa grana extra, mas não bastava para consolá-la: a grana, as compras eram algo explicável; sua ideia de se mudar no fim de ano era inexplicável, pertencia antes ao mundo do capricho. Além disso, quem decidia era o Raúl, que hoje pescaria duas, por falta de uma. Com frequência fazia dobradinha, almoço e jantar. Que fígado devia ter!, pensava a esposa. Formidável, uma barra de aço. Os bêbados em geral tinham uma resistência superior, ou pelo menos diferente, das pessoas comuns; ela gostava de se sentir protegida por esse vigor sobre-humano. Que outra lhe restava? Gostava de muitas coisas do seu marido, e não queria se queixar, nem sequer na intimidade de suas ruminações, dele. Não se imaginava, por exemplo, casada com um sóbrio.

Quando mergulhou na água umas peças da Patri, os seus pensamentos se direcionaram à jovem. Ela sim era um motivo de preocupação mais sério para a mãe. Nunca tinha conhecido uma menina tão desorientada na vida. Ninguém, e ela menos, teria podido dizer no que terminaria. Era a idade, está certo, mas ainda assim constituía um caso alarmante. Tudo o que começava, abandonava, não tinha constância, não tinha gostos verdadeiros. Se pelo menos se apaixonasse! Elisa, enquanto lavava mecanicamente, formulava o caso ponto por ponto. Como muitos chilenos, tinha o hábito secreto e inofensivo de dar largas explicações casuísticas a um interlocutor imaginário, ou melhor, dito real mas presente apenas em pensamento. No seu caso, era uma amiga a qual fazia anos que não via, desde que tinham vindo para Buenos Aires e mais também. Não importava: a ela expunha o caso da sua filha maior. Nem sequer, vê só, dizia interiormente, continuou com o caratê, que tinha sido uma ideia do destrambelhado do meu marido, mas ao menos era alguma coisa. Com os botões de nácar, que polia tão bem, persistiu menos. Nesse não posso culpá-la porque viemos para cá, de acordo. Mas e o colégio? Isso também morreu, porque não quis fazer as equivalências. Quis ser eletrotécnica. Que ridículo! É como se eu quisesse sê-lo. O problema central, explicava à sua amiga ausente, de que derivava todo o resto, era a frivolidade da Patri. Havia existido no mundo uma jovem mais frívola? Difícil. Não levava a sério o que era sério, porque para ela o sério era o outro. Vivia em um mundo de ponta-cabeça essa pequena sonhadora. E não é que não fosse inteligente; mas a frivolidade fazia com que parecesse tola. Tinha talento, muitíssimo talento.

Tinha para a costura, sem ir mais longe. Poderia ganhar a vida costurando, se fosse necessário, agora mesmo. Isso lançava uma luz de esperança, ainda que tênue, sobre o seu porvir, porque a costura era uma ocupação frívola. Só tinha importância o resultado, não as intenções, que podiam ser supremamente voláteis. Aí a Patri era inesgotável. Seis anos atrás, ao nascer Blanca Isabel, não tinha prevalecido sobre os seus próprios desejos e tinha imposto o nome para a cria? Era o de uma famosa desenhista de moda, argentina mas filha de uma chilena, que por sua vez era filha de uma senhora que tinha sido comadre do avô de Raúl Viñas. Elisa de sua parte havia tido a ilusão de batizar a menina de Maruxa Jacqueline, e se deu parcialmente o gosto com a menor.

Interrompeu o seu solilóquio o sentimento, meio epilético, habitual nela, de que alguém passava às suas costas. Às suas costas, na cozinha, não havia ninguém, nem cabia, mas pela porta aberta pôde ver, na porção de terraço que separava o apartamento da escada, um bando de uma dezena de fantasmas, olhando para ela. Que faziam aí esses palhaços farinhentos?, se perguntou irritada. Não gostava que a interrompessem quando conversava com uma amiga íntima, tanto mais íntima por estar dentro dela e em nenhuma outra parte. (Elisa o ignorava, mas a sua amiga tinha morrido uns meses atrás, em um apavorante descarrilamento de trem em

Concepción.) Além do mais, já não era hora para eles. Agora estariam presentes as vinte e quatro horas? Ou será que hoje, pelo fim de ano, aconteceria algo especial? Isto era concebível pelo jeito que a olhavam, com os olhos muito abertos, redondos, nas suas caras estúpidas. Pareciam querer dizer algo, fazer-lhe uma proposição. Era incongruente, porque eles estavam mais para ser vistos do que para ver. E, por ela estar na relativa sombra do interior da cozinha, era possível que não fosse visível de fora. Ainda que nisso devesse ser prudente, porque a luz, inclusive um mínimo de luz, podia se refletir ou condensar nos seus grossos óculos (doze dioptrias), ainda que o resto de sua pessoa estivesse na penumbra, e de fora se viam, já lhe tinha acontecido, dois círculos brilhantes, como os olhos de uma coruja suspensos na noite. Seja como for, ela sim os estava vendo, e esse devia ser o jeito de olhar que eles tinham. Mas via-os de verdade, ou sonhava acordada? Ah, isso era outra coisa. Ver uma dezena de homens nus, com as vergas penduradas, enquanto lavava a roupa na cozinha, não era precisamente o mais realista que podia ocorrer. Claro que para uma mulher casada como ela, essa visão tinha um sentido especial não de promessa e sim de confirmação: todos os homens eram iguais no fundo. Não tinham nada a esconder. Não era só que tivessem o mesmo, mas que valiam o mesmo. Valiam muito, de acordo, mas esse valor se difundia entre uma multidão quase impossível de abarcar com a imaginação, como se dissesse: "todo o mundo." Só lamentava a má influência que pudesse ter sobre os seus filhos, por exemplo, sobre a sua frívola filha mais velha. Para uma menina que vivia em castelos de ar, certos espetáculos impossíveis podiam induzi-la à crença, errônea se é que existe, de que a realidade estava em todas as partes. Por sorte logo iriam embora da obra. Já teriam ido se o marido a tivesse escutado. Os bundões enquanto isso continuavam a olhar para ela. Ou era ela que continuava olhando? Não o fez mais. Tratou de continuar com a lavação, e com mais atenção no que fazia, porque era provável que nessas distrações tivesse exagerado com o alvejante. Sempre lhe acontecia.

Quando já estava terminando sobressaltou-a o aparecimento da Patri ao seu lado. Deus meu, garota, não te ouvi entrar, disse-lhe para dissimular o desassossego. Olha só como eu fiquei, só de dormir um pouco, disse a Patri mostrando os braços, os ombros, o pescoço, cobertos de suor. Ficaram se queixando um momento do calor. Olha, disse a Patri, queria tomar um banho, se não te incomoda. Não, que nada, disse a mãe: já terminava, justamente, olha. Espera eu terminar de enxaguar isso... assim... olha o jorro de água fresca... eu mesma vou tomar um banho depois... e isso... pronto. Fechou a torneira. Agora sim tu pode ir, e que não se acordem os pequeninos. Todas estas precauções eram tomadas porque sucedia que, quando a água saía por uma torneira, não saía pela outra, e se abrissem duas ao mesmo tempo não saía por nenhuma. Era algo que tinham descoberto simplesmente vivendo. Certamente um defeito nos encanamentos, ou antes na engenharia geral do edifício, que teria as mais funestas consequências para os seus ocupantes. Raúl Viñas havia sido favorável a não transmitir a informação ao arquiteto. Para que precisava saber? Para se amargar? O chileno opinava que a falha não tinha remédio, de modo que não valia a pena. Eles, de sua parte, se viravam bem, fechando uma torneira antes de abrir outra, pedindo as coisas com bons modos. Quando os andares fossem ocupados, seria mais difícil, mas eles não estariam para ver. A Patri foi para o banheiro e abriu a ducha. Elisa ouviu o rumor beatífico da água. E lá se foi com os baldes cheios de roupa enxaguada e escorrida ao setor do terraço antes da grande estrutura da sala de jogos e piscina, onde ela tinha posto uma corda. A força do sol, mesmo a essa hora em que já começava a declinar, era arrasadora. A roupa se secaria em um instante, pensou. Lástima que não corria a menor brisa. Os fantasmas continuavam rondando. Agora tinham se dispersado, porém eram mais. Alguns estavam, segundo o seu costume, sentados nas bordas afiadas da antena parabólica; impressionava vê-los ali, mas é claro que não sentiam o fio; era inclusive uma ficção que estivessem sentados, isso Elisa notava pelo fato de que se sentavam ao longo de toda a borda, também a inferior, com o que ficavam de cabeça para baixo. Pela primeira vez, e talvez porque havia algo diferente neles a essa hora, roçou a consciência da senhora uma consideração grave do assunto: eram como homens, e não havia mais remédio do que vê-los como tais; mas também existia a possibilidade de vê-los como homens de verdade, mesmo sabendo-os reflexos. Enquanto estendia a roupa pensava que, havendo tantos homens disponíveis, a chave era escolher o adequado. Mas como? Debatia-o com a sua amiga imaginária. Não é que não haja homens, lhe dizia, com um risinho também imaginário, é que sempre faltam quando chega o momento. Terminou de pendurar a roupa, e sem lançar sequer um olhar a esses sujeitos, fugindo da luz do sol, que já lhe mareava e fazia doer a cabeça, se meteu na casa pela porta da sala de jantar, que encostou sem chegar a fechar, com a esperança de que corresse algum tipo de ar. Foi ao quarto de dormir para ver: Raúl Viñas dormia profundamente, e o mesmo os dois pequenos. Encostou também a porta deles, e ligou a televisão, sem pôr o volume muito alto. Do banheiro saiu a Patri com o cabelo molhado, fresca e sorridente. Assim está melhor?, perguntou. Claro, olha só. Teria ficado horas na água. Menina, quando enchermos a piscina... ha-ha... vai poder te banhar o dia inteiro. Já começou, disse a Patri.

Não sei, acabei de ligar, vamos ver, olha, deve estar para começar, parece.

É que às seis viam um teleteatro, cuja história adoravam apesar de que, como não eram totalmente idiotas, reconheciam o seu baixo nível. Não importava tanto, porque só pediam para não perder o fio, e curiosamente não perdiam nunca. Segundo Elisa, era próprio das mulheres viver rodeadas de histórias, todas interessantes, inclusive incrivelmente rodeadas, cobertas, inundadas. Tinham acompanhado, a mãe e a filha, uma boa quantidade de teleteatros nestes últimos anos, e podiam assegurar que todos eram iguais, e que não se arrependiam de tê-los visto. Os argumentos se baseavam sempre na gravidez e no dinheiro; a relação entre ambos os elementos era uma mulher que se torna rica, imensamente rica, para terminar desprezando a quem a engravidou quando era pobre. O encanto estava na incongruência do equilíbrio entre o supérfluo e o importante. Elisa, como mulher que se diria vivida, podia descartar perfeitamente o dinheiro como algo secundário, e passar ao outro. Ficava feliz, ainda que não fosse mais que uma ficção, por passar do relativo ao absoluto. (Para a sua filha era muito diferente, ainda que igualmente satisfatório.) Como quase todas as tardes a essa hora, estavam sozinhas diante da televisão vendo a história da jovem Esmeralda, que havia ascendido de escrava clandestina em um anacrônico erval da Costa

Rica a dona de vastos campos petrolíferos na península arábica, e conversavam sobre os temas que iam aparecendo na história. Elisa tratava de fazer ver certas coisas à sua filha, que se obstinava em não vê-las ou vê-las do seu modo. Era uma pequena escola pessoal, de resultados antes nulos, ainda que isso nunca se sabia. Por exemplo, a questão da gravidez tinha mais facetas do que se podia pensar à primeira vista. Na idade que a Patri tinha agora, Elisa tinha ficado grávida, dela precisamente, por ação do melhor homem do mundo, segundo dizia. Esse homem tinha desaparecido da sua vida, como as recordações infantis na sua maior parte. Os homens tinham esse defeito: não eram definitivos. Mas mamãe, objetava a Patri, eu espero encontrar um homem definitivo no fim, como a Esmeralda. No fim, sim, no fim, sublinhava Elisa, no fim... era possível. Mas não antes. Porque o que era a gravidez no fim das contas? Apontava para a tela: por acaso essa atriz tinha ficado realmente grávida quando tudo aconteceu na história? Decerto que não. Era preciso ter muito cuidado com esses troca-trocas de verdade e mentira, de realidade e ficção. Mas tu por acaso não ficou de verdade?, perguntou a Patri, ou era tu mesma uma sombra, uma hipótese? A mãe ria. Era verdade, foi assim, e que verdade tão grave havia sido aquilo tudo para uma menina adolescente, mas, ao mesmo tempo, tudo tinha o seu outro lado, que verdade feita de silêncios e suposições.

Por exemplo, nunca havia confessado aos seus pais que tinha sido "o melhor homem do mundo". Eles haviam feito uma suposição errônea. De fato, dizia pensativa, enquanto passavam a publicidade entre um capítulo e outro do teleteatro, ela mesma havia feito uma suposição errônea. Porque depois, uns poucos anos depois, apareceu Raúl Viñas na sua vida, e tudo foi diferente.

Aí sim, disse a Patri como se desse com o argumento mais convincente: não é definitivo? A isso a sua mãe respondeu com um sorriso. Todos os que a rodeavam conheciam o grande amor dos cônjuges, um verdadeiro exemplo. Por isso mesmo, era antes elusiva. Se isso desconcertava a sua filha, pois bem, lamentava-o, mas não podia fazer nada. Havia coisas que seriam compreendidas com o tempo. Além disso, ela era a primeira a ressaltar os defeitos do seu marido, como a sua inclinação para a bebida. Se bem que isso não tivesse justificativa, como nenhum vício tem, Elisa encontrava boas explicações, por exemplo, esse impulso para o infinito que Raúl Viñas obtinha bebendo um copo atrás do outro de vinho, em sessões intermináveis. Era como absorver o mar, segundo diziam: e onde estava o mal? Ter esse tipo de sede pode ser lamentável, mas, para quem não a tem, o espetáculo é soberbo. E havia algo mais: Raúl Viñas era um dos poucos homens felizes que restavam sobre a terra, ou ao menos no Chile, país do qual não deveriam ter saído se os conselhos de Elisa Vicuña valessem alguma coisa. A felicidade sempre traz a felicidade, a plenitude.

Mas somos pobres, olha como vivemos, responde a Patri apontando com um gesto o ardente apartamentinho inacabado. Menina, isso não tem importância, o que tu acha que pode importar? Não estamos com saúde, bem alimentados, com lindas crianças que brincam e bons parentes e amigos que gostam da gente? Ai, mas que *otimista* que tu é, disse a Patri fazendo cara de quem enfrenta o completamente impossível. Sua mãe ria. Viu, menina, viu? Eu tive sorte. Não faz piada, mãe. Mas se não é piada, mocinha! Tudo consiste em dar com um homem de verdade, ainda que tenha todos os defeitos do mundo. Um homem de verdade. Um homem de verdade. Repetiu mecanicamente a frase enquanto faziam silêncio porque recomeçava a história. A heroína, em todo o esplendor de sua incrível beleza, assinava a escritura pela qual se tornaria proprietária legal do palácio de Versalhes, que o governo socialista da França lhe vendia com o fim de arrecadar fundos para o desenvolvimento da alta tecnologia. É tão absurdo, disse a Patri em um sussurro. É tão absurdo quanto as nossas vidas, disse sua mãe, que a tinha ouvido, sem tirar os olhos da tela. As duas sabiam que, quando reaparecesse, como já estavam pressentindo que aconteceria por certos indícios típicos dos teleteatros, o amante da heroína, um magnata japonês que ela tinha dado por morto depois de uma aterrisagem de emergência nos Açores, quando se abrisse a porta e aparecesse o japonês... elas duas chorariam.

Seriam umas sete, o teleteatro terminou sobre um ponto de especial suspense para, quando não, o aparelho reprodutor de Esmeralda (se é que toda ela não era um aparelho reprodutor belíssimo e luxuoso), e tinham desligado a televisão, quando ouviram um alvoroço que subia. Alguém vem vindo, disse Elisa, anunciando apenas uma das possibilidades, ainda que fosse um pouco cedo demais para que começassem a chegar os convidados da noite. Mas já se sabe o que diz o provérbio: "Os convidados para a noite chegam de dia." Se assim fosse, comentou, que recepção insuperável teriam, com a metade da família dormindo. Em segundos distinguiram as vozes das crianças, que não lhes deram tempo sequer de se levantar das cadeiras: Juan Sebastián entrou correndo e exclamando: Olhem o que a tia Inés me trouxe, um para cada um, esse é o meu, etcétera, etcétera. A mãe lhe fazia gestos urgentes para que baixasse o volume. Esse menino parecia ter um megafone na boca. Mas não vê que os teus irmãos estão dormindo? Sim, sim, tudo bem, concedia em sua urgência: tinham que compreendê-lo, estava pensando nos presentes. Já tinha colocado sobre a mesa quatro carrinhos de plástico exatamente iguais, até da mesma cor, vermelhos. Blanca Isabel entrava como um furacão atrás dele e se precipitava. Esse é o meu! Voltaram a gritar, inevitavelmente. Como não poderia deixar de ser, o mais velho tinha aberto o pacote por sua conta. Cada um se aferrava ao seu; ainda que os carrinhos fossem idênticos, parecia-lhes uma evidente vantagem poder escolher enquanto os dois menores dormiam: que surpresa teriam, os pobres infelizes, quando vissem que tinham deixado só os *seus* próprios carrinhos para escolher, que eram indiscerníveis do que eles já tinham se apropriado! Adoravam o triunfo. Elisa foi até a porta, que tinha ficado toda aberta, e esperou pelo seu cunhado. Talvez por contaminação com os modos demorados do teleteatro que tinham visto, ou mais provavelmente porque os pequenos tinham subido como em helicóptero, tardou uma eternidade para aparecer. A curiosidade de Elisa tinha um atrativo extra porque a sua cunhada tinha ficado de vir com o namorado, a quem a família ainda não conhecia. Se era assim, estranhava não ouvi-los conversar. Ou teriam se distraído olhando os andares? Talvez ela se adiantasse para ajudar, e ele se apresentaria mais tarde.

Por fim apareceu a extraordinária Inés Viñas, que veio subindo, segundo era previsível, devagar, e não estava nem sequer com falta de fôlego. Como veio sozinha, disse Elisa, mal a viu. Roberto vem depois, menina, me adiantei um pouco para te ajudar. Mas para que se incomodar, etcétera, etcétera. Deram-se um beijo sem deixar de conversar. Eram duas chilenas típicas, a não poder mais. Era preciso vê-las juntas para notar até que ponto quase de caricatura realizavam o tipo. A coincidência resultava notável, sobretudo porque não se pareciam em nada. Inés Viñas era bastante baixa e pequena, mas de pele mais azeitonada, tinha o cabelo de um preto mais brilhante, as bochechas fundas (as de Elisa Vicuña, ao contrário, eram arredondadas, com algo de infantil), era bastante bonita e algo chamativa, dentro dos altos níveis de discrição da família e da nacionalidade. Calçava umas lindas sandálias brancas, uma saia hindu e uma camiseta de algodão azul. E pingentes longos. Mas como tu está bem. E tu ainda mais. Não, tu mais. Tu, quieta, não vê que tive tosse? Como tosse? Pois sim, qualquer dia destes pesco uma pneumonia. Esta mocinha me faz matar de rir! Oi, Patri! A Patri também era extraordinariamente chilena. Era preciso ver as três juntas para notar ainda mais. Lavou o cabelo? Viu que feios eles são? Ai, o meu é muito mais feio. Mas quietas de uma vez, crianças! Queriam pegar os dois carrinhos dos outros. Não, disse Elisa Vicuña: esses é para deixar aqui. Sim, pobrezinhos, disse Inés Viñas, eu vou empacotar de novo. Nem pensa, esta criatura malvada rasgou o papel. Rasgou sozinho!, chiou o pequeno. Dormem?, disse a visita baixando a voz, que como de toda chilena era baixíssima por si. E o teu irmão também, disse Elisa. Fizeram, as três, uns gestos de riso estilizadíssimos. Porque se divertiam a sério. Faz a sesta às sete da tarde! Bom, saiam já, disse a mãe. Vê que tola eu sou? Os quatro iguais. Não sabia o que comprar para eles. Não precisavas ter te incomodado, filha. Se tu chama isso se incomodar! Para todos o mesmo!, Inés querida, não podia ter tido melhor ideia. Antes que me esqueça, também trouxe algo para ti, Patricita. Para mim? Escuta, Elisa, Roberto vai trazer umas garrafas de vinho... Mulher santa! Acha que sou uma menina? Toma, é uma ninharia. Desenrolou com sumo cuidado o envelope de papel, e era uma pulseira de contas coloridas. Seus extremos de prazer e agradecimento eram inenarráveis. Colocou-a imediatamente e lhe caía muito bem. Que divertida pulseirinha! Passaram para assuntos mais gerais: faz bastante calor, não é?, disse Inés Viñas. Faz calor todo o tempo, não é, perguntou e confirmou por sua vez a cunhada. Claro que aqui deve correr o ar. Não mesmo. Não? Sim: mas só às vezes. Isso eu explicava. Eu não me explico, dizia Inés, como vieram viver nesse poleiro. E riam.

Com tudo isto, as crianças acordaram. Um pouco de choro, umas queixas: Aí estão, disse Elisa Vicuña. Foi ao quarto e trouxe os dois no colo, um em cada braço, nuzinhos e chorosos, cobertos de transpiração. A tia os beijou rindo dos seus modos. Tinha um jeito que tranquilizava as crianças, e estas, tão pequenas, souberam ouvir a palavra "presente". Tinham refeito o pacote com os dois carrinhos, e estava em cima da mesa. Vamos tomar um banhinho primeiro, disse Elisa. Eu te ajudo. Não, pode deixar, em seguida... molho um pouco... já vai ver. Entrou no banheiro e, efetivamente, deu-lhes uns esguichos de água que terminaram de acordá-los. Patri, disse do banheiro: Vai chamar os outros dois para tomar um lanche. A Patri saiu. Escuta, o Javier vai vir? Respondeu-lhe no ato. Com toda a família. As duas crianças, com o cabelo molhado, foram depositadas sobre a mesa, e Ernesto começou a abrir o pacote. A tia Inês lhes fazia carinhos. Achava tão doce e pequeninha a menina. Olha, ri todo o tempo. É simpática! Elisa preparava alguma coisa na cozinha. Em que te ajudo?, perguntou a cunhada. Deixa, já te dou os sapatinhos destes e tu põe. Onde estão? Espera, disse passando rumo ao quarto de dormir, já trago. Quando lhe alcançou os sapatos das crianças: E este homem continua dormindo? Ah, como um tronco, não vai acordar tão fácil. Entraram os dois mais velhos. Não digam que já quebraram os carrinhos!, disse a mãe. Não, não! Não vê? Mostravam-nos intactos ainda. A Patri tinha entrado em silêncio, e olhava para a pulseirinha no seu antebraço. Inés Viñas terminou de calçar as crianças, mandou que se sentasse cada uma em uma cadeira, com o carrinho vermelho se quisessem (mas o mais interessante, dizia Juan Sebastián, é bater), e a mãe serviu um copo grande de leite para cada um. Mas então, disse Inés olhando para os copos, compraram a geladeira... Que nada. Agora vão nos emprestar uma. Este é um leite especial, que se conserva sem geladeira. Ah sim, conheço, disse Inés.

Quando o lanche já estava em andamento, bem encaminhado, Inés Viñas fez o seguinte comentário: Na outra vez que vim aqui, não faz nem dez dias, se via tudo ao longo de cada andar, mas agora ao subir... Ah, viu, a interrompeu a cunhada: já fizeram a maioria das divisórias, se é que não terminaram. Escuta, e se pode ver? O quê? Mas os apartamentos, filha. É pra já! Os donos não vão vir? E como quer que venham, justamente hoje, a esta hora? Além disso, interveio a Patri, estiveram todos de manhã. Sim? Por quê? Não sei... disse Elisa: acho que havia uma reunião. Não queira saber a quantidade de gente que tinha. Nós nos encerramos aqui, e eles iam e vinham.

Então recomendaram aos pequenos que terminassem o seu leite, que elas iam olhar os andares embaixo. Foi inútil falar, porque os quatro se entupiram com o que faltava para acompanhá-las. Empreenderam a descida conversando animadamente. Adivinharam a disposição dos quartos pelo que se podia ver. Os andares superiores eram os mais completos. A Patri escutava com certo assombro as suposições, que a ela jamais haviam ocorrido. Sabia que esses quartos seriam de dormir, salas de jantar, banheiros, cozinhas, mas nunca havia pensado nisso expressamente.

As outras duas faziam inclusive mudanças imaginárias: Eu aqui não poria a sala de estar, poria o quarto de dormir. Outras coisas lhes faziam rir. Espero que ponham imensas cortinas, dizia uma, e a outra respondia: É que não têm vizinhos que os olhem, vê a originalidade. Desceram do sexto ao quinto, do quinto ao quarto, sem deixar de falar. Um andar lhes agradava mais, outro menos, outro não tanto como aquele contudo mais que o outro. Mas olha só como vivem os ricos, dizia Inés Viñas. E vão bracejar lá em cima, além do mais? Elisa ergueu o olhar para o forro, sem compreender por um momento, até que se lembrou da piscina. Mas olha, comentou, uma piscina no terraço! Eu não podia *acreditar*, até que vi com os meus próprios olhos, ou melhor dito, quando vi que estavam fazendo. Que incrível, dizia Inés. Não é incrível?, dizia a Patri, que intervinha pouco na conversa. Há coisas que não se pode acreditar, dizia a visitante, mas a gente precisa se render à evidência, quando vê com os próprios olhos. Sim, respondia a Patri.

Isso as induziu a conversar, sem deixar de percorrer os andares de um extremo ao outro sistematicamente, de dois assuntos que, não sem razão, lhes pareciam apaixonantes: a medicina e o casamento. Inés Viñas era partidária da homeopatia e a recomendava com calor a cada vez que se apresentava a ocasião; falava do velhinho homeopata que conhecia como de um xamã que tudo podia, com as suas brevidades e parcimônias bem pensadas. Sua cunhada Elisa, sem ser partidária da alopatia (reconhecia que não merecia ter partidários, pois era puro comércio), se ajustava ao convencional, porque não podia acreditar. Tinha gente assim, dizia, e ela era desses, dos que não acreditam. Mas poderia fazer o esforço!, dizia Inés. Se fosse questão de esforço, já teria feito, ainda que mais não fosse para te dar o gosto, respondia Elisa. Bom, filha! Não *faz* o esforço, e acredita. A outra: É que *há* de se fazer o esforço. E não acreditar é simplesmente não poder fazer. Não te entendo, minha querida Elisa, por mais boa vontade que eu tenha, vamos ver, me diz, e se fizesse a prova? Toda esta conversa era, podia-se dizer, abstrata, porque não estavam doentes nem achavam que estavam. Devia ser por isso que podiam raciocinar. Olha, Inés, a homeopatia, ou qualquer outro tipo de medicina mágica, faz efeito apenas para os que acreditam. Como está enganada, Elisa! Muitíssima gente que não acreditava se curou. Ah, sim? E não acreditaram depois? É claro, que outra coisa iam fazer? É o que eu digo: há de se acreditar, antes ou depois. Mas depois não é antes! Não importa: a mim só convenceria alguém que não acreditasse, se curasse, e continuasse sem acreditar. Mas isso é impossível! Justamente, vê o que te dizia?

Ao mesmo tempo, nos mesmos termos, falavam do casamento. Aí o desacordo, se havia, era mais sutil. Porque todas as mulheres, antes ou depois, ou pelo menos quase todas (todas as que elas conheciam), se casavam. Era a homeopatia generalizada, e a crença saltava loucamente, daqui para lá, sem bússola. A Patri, que não participava da conversa senão com um monossílabo de vez em quando, ou um risinho, escutava com atenção. Inés Viñas sentia essa atenção, e olhava pensativa para a menina.

Quando viram o suficiente e não restou nada para criticar, com amável ceticismo, dessa elevada mansão de muitos, empreenderam o retorno para cima, sem deixar nem por um só instante de tagarelar. O que, bem pensado, também podia ser objeto de uma maravilhada crença: que apareçam temas de conversa, um depois do outro, inesgotavelmente. Como se os temas não tivessem objeto, posto que os objetos são finitos; como se fossem pura forma. Era feito pensar, na realidade, que a vida tinha dobras. Uma vez em cima, o calor que não diminuía a despeito do avançado da tarde fez a dona de casa lembrar de uma compra que não tinham feito, porque deixavam para o último momento: o gelo. Perguntou à Patri se faria o favor de ir. Foi buscar a sacola, e sua mãe lhe disse para pegar dinheiro da moedeira. A Patri ia pensando: de onde tiramos dinheiro, que sempre estamos gastando e sempre temos? A sua mãe tinha fama de boa administradora na família. Era bastante boa, mas a fama vinha de um equívoco: ao ver toda a família com a roupa descolorida, os parentes supunham que Elisa Vicuña era extremamente conservadora e cuidadosa. De fato, não se explicava como uma roupa descolorida a esse ponto, ao ponto do branco, quer dizer, supunham eles, velhíssima (na realidade havia sido comprada, por exemplo, na semana anterior), pudesse se manter inteira: só se justificava graças a longas ou infinitas precauções. Inés Viñas, quando a Patri veio com a sacola e o dinheiro (estavam na beira do fosso da piscina, admirando esse grande despropósito), se ofereceu para acompanhá-la. Não, não precisa, disse ela: se é logo ali, na esquina. Vamos levar duas sacolas então, e teremos bebida mais fria, respondeu Inés rindo. Não te incomoda, não te incomoda, diziam-lhe as duas, mas ela insistiu. Já que tinha vindo cedo para incomodá-las, dizia, para alguma coisa tinha de servir.

Desceram, e saíram para a rua, que começava a se animar um pouco. Perguntou se ela tinha amigos no bairro. Nenhum, respondeu a Patri, eu mal desço. Agora, por exemplo, fazia dois dias inteiros que não descia. Inés sobressaltou-se. Não podia conceber tal coisa. E como vai conseguir namorado assim, filha? A Patri deu uma risada, e a outra a acompanhou.

Escuta, garota, não ria, que eu falo sério. Por acaso não escutou o que eu e a tua mãe dizíamos? Sim, mas eu ainda não sei com quem vou me casar. Inés caminhou uns passos em silêncio, pensando no que diria. Nunca diz que não sabe. Por quê? Porque sim. A Patri optou por rir brevemente. Diz, disse a Inés, tu não é virgem, não? Não, já não sou. Ah, escuta, tu não teve medo de ficar grávida? Agora foi a Patri que sopesou a resposta. Afinal disse: Mais ou menos. Que resposta mais estranha!, disse Inés explodindo em uma gargalhada. Que estranha que tu é com tudo, Patricita! Estranhíssima! A Patri ria de ouvi-la rir. Entraram na venda de gelo, fizeram a compra, e quando saíram começaram a falar do amor. É o que tem de mais importante no mundo, a única coisa que existe no mundo, dizia Inés. Sim, sim, claro, dizia a Patri. Por que tu diz que não sabe com quem vai casar? Porque é verdade! Mesmo assim... Percorreram um trecho em silêncio. As árvores da rua estavam imóveis como estátuas de gesso. Que calor!, disse a mais jovem. Realmente, é uma onda de calor, disse a outra, mas acrescentou: Agora, tu sabe que isso indica que depois vai ter uma tempestade prolongadíssima e que vai fazer frio. Sim? Não posso acreditar. É assim. Aqui em Buenos Aires sempre acontece. É uma coisa e depois a outra. Acho, disse a Patri com certa ironia, que em todos os lugares acontece a mesma coisa. Mas aqui, disse Inés, é mais notório, e além do mais infalível. Infalível o quê? O aguaceiro. Ah, disse a Patri olhando para o céu imaculadamente azul. Não, não agora, mas já vai ver. Fazendo uma transição brusca, comentou: Existem homens realmente bonitos. Sim, tem alguns que gosto muito. Tem alguns que eu gosto extremamente. Bom, eu também, se vamos aos extremos. Mas pode acontecer, filha, que sejam uns canalhas. Sim, claro, isso acontece sempre na tevê. O que é falso. Mas tu não acaba de dizer...? Olha, o que digo é que *podem* ser uns canalhas. É como dizer, acrescentou, qualquer coisa. Ah, então aceito. Mas o importante de verdade, no amor, são os homens de verdade. Outra vez os famosos homens de verdade!, exclamou a Patri, é o que a minha mãe sempre está me dizendo. Ela sabe por que diz isso, te garanto. Por quê? Inés encolheu os ombros. Dobraram a esquina e deram uma olhada na construção, que de fora não representava nada de especial.

Nesse momento passou junto a elas uma típica beleza argentina: ombros largos de levantador de pesos, peitos bem inflados, cadeiras estreitas (de frente, não de lado, pela esteatopigia acentuada), pele escura, quase de africana, traços indígenas com elementos orientais, grossos lábios protuberantes, cabelo preto tingido de vermelho, saia de jeans muito curta que deixava visíveis as longas pernas robustas e lustrosas, calçada com sandálias que arrastava com indolência, na mão um chaveiro pendurado. Elas duas, pequeninas e delicadas, deslizaram ao seu lado como duas formigas junto a um elefante. A argentina nem sequer as olhou; tinha os seus grandes olhos escuros de japonesa entrecerrados, com gesto depreciativo. Assim são elas, comentou Inés Viñas quando estavam a certa distância, não dá a impressão de que, se não encontrassem o homem de verdade, poderiam lhe arrancar a cabeça com uma porrada? A Patri não disse nada, mas a imagem do "homem de verdade" decapitado acompanhou-a durante uns passos. Inés acrescentou: A gente não tem essa determinação de esportistas... e além disso a roupa, qualquer roupa, não nos cai tão bem. A Patri disse então à meia-voz: É que somos diferentes. Nós somos chilenas.

Antes de entrar, a Inés apontou para uma velha caminhonete vermelha e branca coberta de barro estacionada na calçada da frente, a certa distância. Não é a do Javier?, perguntou. Era, de fato. Que veículo deteriorado! Então, pensaram as duas, já chegaram. Era fácil deduzir, não é?

De qualquer modo, toda dúvida se desvaneceu quando entraram: dos andares altos vinha um inusitado alvoroço de vozes infantis. Não porque Javier e sua esposa Carmen tivessem tantos (tinham dois, e esperavam o terceiro), mas por esse efeito multiplicativo que produzem as crianças quando se reúnem. Agora, disse Inés, preferiria ter o elevador. Cada uma delas levava uma sacola de gelo. A Patri deu uma olhada no relógio elétrico pendurado na viga mestra do térreo: eram sete e vinte e cinco. Dois fantasmas flutuavam no ar prolongando cada um uma das agulhas do relógio: por ser a hora que era, os dois caíam, de cabeça para baixo, na forma de uma árvore de natal. Rápido, ou vai se derreter tudo, dizia Inés. Mas não precisa te apressar! Vai derreter de qualquer jeito.

Enquanto subiam, a Patri, que tinha ficado pensando no que disseram após cruzar com a argentina, perguntou: Tu não acha que elas são mais vulgares? Inés Viñas não quis se mostrar categórica, ainda que se adivinhasse de longe o que pensava: Bom, filha, são diferentes, como tu bem disse. Para nós elas parecem seres primitivos, selvagens, como essas tribos... Por exemplo, têm códigos de aparência, coisa que falta para nós: as argentinas sempre se distinguem, à primeira vista, entre as casadas e as solteiras, é como se ao casar atravessassem o nariz com um osso ou enfeitassem a cabeça, esse tipo de coisas. Já quanto a nós... parecemos todas casadas, ou todas solteiras, se quiser! Somos sempre iguais. A Patri assentiu, escada acima.

No terraço o panorama havia mudado substancialmente. O colóquio de mulheres tinha se transformado em uma reunião geral, vibrante de atenção, de códigos familiares, de informações, de rudezas de homens, e uma boa quantidade de alegria. Para começar, tinham trazido da sala de jantar umas cadeiras a uma área do terraço onde caía a sombra do edifício vizinho. Podia-se acreditar inclusive que começava a correr um ar mais fresco, mas isso é um efeito natural da intempérie e da altura combinadas. Chegou o gelo!, foi a exclamação de Raúl Viñas. Javier Viñas se pôs de pé para cumprimentá-las. Era um homem mais delgado do que o seu irmão, mais alto também, ainda que também fosse baixo, mais seco, de tipo mais distinto, porém mais sorridente e afetuoso, ainda que com menos mistério; talvez parecesse, levando-o em conta por inteiro, mais banal. Abraçou a sua irmã e depois fez um elaborado cumprimento para a Patri, com a qual toda a família era especialmente cortês. Raúl Viñas tinha se levantado para cumprimentar a sua irmã, e pediu perdão por estar dormindo quando ela chegou. Carmen Larraín, esposa de Javier, trocou igualmente umas mesuras com a sua cunhada e a jovem, e depois se enfileiraram as crianças, Pablo e Enrique, que eram um prodígio de boa educação. E Roberto?, perguntava Carmen para Inés Viñas. Olha, já vem em seguida. Falaram do ausente. Carmen e Javier o conheciam, à diferença dos anfitriões. Desfaziam-se em elogios, aos que a interessada opunha prudentes objeções. Roberto era um chileno-argentino, empregado de expedição de uma pequena fábrica de papel para cigarros. Fazia apenas umas semanas que havia formalizado o noivado com Inés Viñas, e haviam pensado em se casar no fim do ano que começaria dentro de poucas horas. Os seus dois irmãos (ela era a mais nova, e por uma boa diferença de idade; Raúl e Javier eram gêmeos) vigiavam com interesse o processo. A introdução de um homem na família parecia mais importante que a de uma mulher, e eles já haviam trazido cada um a sua, no caso de Raúl Viñas com o acréscimo de uma filha prévia, a

Patri, enigmático suplemento. A realidade supunha todo o contrário, mas o importante era o que parecia, mais do que era. Davam-lhe voltas, com essa suave e carinhosa inutilidade das coisas que, de qualquer modo, vão se comprovar pouco depois (isso valoriza o tempo). Com o falatório, o ambiente ali a trinta metros sobre o nível da rua se enchia de ruído. Os homens o tornavam diferente, ao mesmo tempo menos chileno, menos austeramente chileno do que quando estavam conversando sozinhas as mulheres, mais internacional, menos artificiosamente exilado, e mais chileno também, de certo modo. Coisas assim faziam as mulheres pensar que os homens eram insubstituíveis.

Elisa levou as sacolas para a cozinha, e Carmen Larraín foi atrás dela com a previsível pergunta sobre se precisava de ajuda. A negativa era de rigor. Raúl Viñas havia sugerido que trouxessem os copos para fazer o primeiro brinde. Mas filha, dizia a Carmen, que vermelhos estão os olhos do teu marido, parecem tiras de presunto cru. A outra ria a mais não poder. As tiradas da cunhada eram famosas. Explicou, caso fosse preciso, que estivera comemorando com seus companheiros durante o almoço. Então, se justifica plenamente. Claro que se justifica! Uma transição: Diz o que tu vai cozinhar. Mas nada, filha, uns franguinhos, e essas saladas, olha o que comprei. Perfeito, perfeito, dizia a Carmen Larraín sem olhar, quem tem fome com este calor! Escuta, do que os teus filhos gostam? Tudo, mas não comem muito; não faz nada de especial. Isso, disse a Elisa Vicuña, é porque estão bem-criados; os meus não provam a comida. Espera que cresçam, filha. Sim, filha, não tenho outro remédio que esperar. E riam. Entrou a Patri, como uma sombra. A mãe pediu-lhe que pegasse copos para todas as crianças e pusesse uma pedrinha de gelo em cada um. A jovem contou seis copos de plástico alaranjado e pôs sobre uma bandeja de papelão dourado. A Carmen e a Elisa começaram a falar da gravidez da primeira. Sempre era interessante falar dessa experiência, que ao se repetir estava ao alcance de todas, mas ao mesmo tempo conservava um matiz de excepcionalidade que a punha muito por cima das repetições correntes. Do lado de fora, os homens falavam de oceanografia; da velha, nova e catastrófica Corrente *del Niño*. A meninada se precipitou sobre os copos, para descobrir decepcionados que não tinham mais do que um pedacinho de gelo, e nada para tomar. Mas não queriam desperdiçar a oportunidade de fazer alguma coisa: começaram a sacudi-los fazendo barulho, com o resultado inevitável de que os gelos rolassem pelo chão. Inés Viñas chamou-os à ordem e levou todos a uma torneira para enxaguar as pedrinhas que tinham se coberto de pó. Até os que não os atiraram quiseram enxaguá-los. Já trago a Coca-cola, disse a Patri. Escuta, Patricita, traz os copos, não te esquece, disse Raúl Viñas. Ela sorriu: Mamãe já vai trazer. Que boa menina, comentou Javier. Parecia que o calor tinha diminuído com a proximidade da noite. Podia não ser exato, mas ao menos a luz já não era tão crua, longas sombras flutuavam no alto, e o sol se punha na direção da pátria.

Os adultos, em lindos copos de vidro, se serviram de dois a três gelos. Todos foram servidos com abundância de refrigerante e vinho, e não esperaram nada para beber. E o brinde?, perguntou Inés Viñas. O primeiro trago é para a sede, disse o seu irmão Raúl. Além disso, comentou a Elisa, falta o Roberto. Bom, disse Raúl, contemporizador, a gente pode fazer um primeiro brinde provisório, não? Esperem só começar a suar. Sua tirada foi muito celebrada, porque todos tinham sentido que, nem bem a bebida tinha passado pelas gargantas, estavam molhados dos pés à cabeça. Pelo visto fazia mais calor do que supunham. Ou então os seus corpos tinham se ressecado sem que se dessem conta e agora deviam passar por uma etapa de recondicionamento. Houve um momento em que todos, até os pequenos, ficaram imóveis, jorrando umidade. O clima de Buenos Aires era diferente, e lhes deparava esse tipo de surpresas, ainda que vivessem havia anos nele. Elisa voltou para a cozinha, com a intenção de começar a preparar os frangos. As crianças saíram do feitiço e voltaram a gritar e a correr. Um grande papel branco, que vinha quem sabe de onde girando no ar com calma, se abateu sobre os homens. Javier Viñas o sacudiu de cima, e depois o examinou. Com uns poucos movimentos precisos dobrou-o em forma de barco; era muito hábil nesse truque. Deu para as crianças, que nunca tinham tido um barco de papel tão grande e queriam água com urgência para fazê-lo flutuar. De onde vamos tirar água, disse a Carmen. Joguem na piscina, sugeriu Javier, e quando encherem vai flutuar. Foi o que fizeram, com grande diversão, e como as diversões sempre se estendem, com a desculpa de que tinha caído de lado e preferiam deixá-lo bem ereto para o dilúvio, os primos maiores desceram ao fundo da piscina pela escada metálica, ainda que estivessem proibidos de fazê-lo. De uma casa vizinha subia um som de rock.

Como a Elisa apareceu da cozinha, Raúl Viñas viu a oportunidade de fazer o primeiro brinde. Chamou a esposa e, decididos a formalizar a pequena cerimônia, todos pegaram as suas taças novamente cheias, inclusive os pequenos. Os olhares voltaram-se para o anfitrião, que tinha levantado o copo e olhava para o vinho sem vê-lo. Estamos esperando, filho, disse Javier. Raúl Viñas ergueu as sobrancelhas como se fosse falar, mas ainda assim esperou uns segundos. Por acaso pensava? É possível, porque quando fez o brinde surpreendeu-os por sua justeza. Disse simplesmente “Pelo ano”, e todos aprovaram. Se havia sido um ano de felicidade, valia a pena beber por ele. E ainda que não tivesse sido não importava porque as duas palavras aludiam a algo superior: um ano qualquer, o ano como presente prodigioso que todos amavam e respeitavam. Mas sim, tinha sido um ano de felicidade, pensou a Patri, e nesse sentido o brinde tinha um matiz de segredo que os demais não compartilhavam, somente eles, Elisa, Raúl, a Patri (as crianças não contavam, ainda que fossem uma peça essencial da felicidade). Os demais ficavam excluídos, e não o sabiam. Como imediatamente propuseram que as crianças brindassem também, e convidaram-na para inaugurar a série, porque era, ao menos, da geração seguinte, disse sem pensar muito: Pela minha mãe e o meu pai. E como pensou que o último termo da frase podia se prestar a confusão, entre "o melhor homem do mundo" que a tinha engendrado e Raúl Viñas, fez um esclarecimento: "Ou seja, Raúl Viñas." O que foi considerado muito apropriado, e os adultos sorriram. As crianças seguiram o modelo, e todos fizeram o brinde "pela minha mãe e o meu pai, ou seja, Raúl (ou Javier) Viñas", inclusive a menor Jacqueline, que balbuciou na sua meia-língua, como um mero papagaio dos irmãos e primos. Os adultos escutaram muito sérios até o final, e ao mesmo tempo algo sorridentes. Depois, a pancada. As conversas foram reatadas, com certa alegria e vivacidade extras.

Mas a Patri ficou um pouco encucada pensando que tinha cometido uma indiscrição. Não era assim, muito pelo contrário; se pudesse ler os pensamentos dos membros maiores da família teria visto que eram muito elogiosos a ela. A sua perturbação não dependia tanto do que tinha dito quanto de uma inquietação que tinha crescido durante os últimos minutos, e que ela conhecia bem, ao mesmo tempo que a desconcertava. Era como uma aproximação do nada. Deixou o seu copo no chão e foi caminhando para o lado da piscina, em cujo fundo permanecia, agora esquecido, o desmesurado barco de papel, bem plantado no meio do cimento seco. Circundou-a por inteiro até ficar na beirada dos fundos. Dali se via o poente, que começava a se fazer intensamente amarelo e vermelho. Punha-se o sol, e se punha o ano. O "ano de felicidade", segundo tinha dado a entender Raúl Viñas. Tinham tomado o sol de um trago, e aquele que o havia feito tinha um motivo especial para fazê-lo: não apenas porque passava o ano bebendo, nem sequer porque continuaria fazendo-o de agora até a meia-noite, mas porque ao beber prolongava o tempo, sem tirar a sua qualidade tão pontual e precisa. Além do mais, por essa curiosa maneira de dizê-lo, o "ano-novo" era um instante, o da meia-noite, o minuto em que soavam as sirenes. E a felicidade, precisamente, era um instante, não um ano.

Ao baixar a vista, com os olhos deslumbrados por ter estado olhando diretamente o sol, pareceu-lhe ver umas sombras com forma humana que se introduziam voando do vazio ao sexto andar, justo debaixo dos seus pés. Quem poderia ser? Sua inquietação transformou-se naturalmente em curiosidade, e não viu motivo para reprimi-la. De modo que voltou a andar pela borda da piscina, agora pelo outro lado e mais depressa, rumo à escada. Para isso teve de passar diante dos outros, que conversavam ruidosamente, mas ninguém a viu. Desceu pela escada. O sexto andar estava deserto; não obstante, encontrou-o diferente. Em uns minutos, ou em meia hora, desde que tinha subido com Inés, a configuração da luz havia mudado. Mais à frente as sombras se adensavam; do fundo, pelos corredores, vinha uma intensa luz amarela. O silêncio era perfeito, acentuado pelo rumor das conversas e risadas acima, tão perto. Do lado da luz, paradoxalmente, era de onde vinha uma insinuação de temor, do desconhecido.

Então se aventurou, com passos leves, até o fundo. Isso é típico. O medo não conta quando uma mulher, em um filme por exemplo, vai até um quarto misterioso que o mais ousado dos espectadores não se atreveria a pisar. É certo que neste caso não podia haver nenhum perigo sobrenatural, nem dos outros (ainda que a porta da cerca tivesse ficado sem corrente nem cadeado). Chegou à passagem traseira, para a qual se abriam as portas dos quartos de dormir; as aberturas estavam desenhadas em forte luz amarela. Não se ouvia nada. Entrou pela do meio. Deu dois passos no quarto, algo deslumbrada, e dois fantasmas passaram ao seu lado dizendo "estamos com pressa, com muita pressa" e atravessaram a parede. Retrocedeu, saiu e entrou rápido, para não perdê-los, no quarto contíguo; já atravessavam outra vez a parede, e suas pernas pareciam afundar no piso. Por quê?, perguntou. Saiu para a passagem. Um dos fantasmas tinha se voltado para ela: Por que o quê? Por que estão com pressa?, esclareceu. Por causa da festa, respondeu o fantasma. Vinham percorrendo uma curva descendente no espaço, e agora se afundavam no chão e no rodapé da parede do banheiro. Que festa?, perguntou. O que ia mais atrás conseguiu responder antes que a sua cabeça desaparecesse: O Grande Réveillon da meia-noite...

A Patri foi para a escada depressa, porque notou neles algo muito novo e nunca visto. Na surpresa só atinou a se precipitar, sem se deter para pensar no que tinham dito. O novo era justamente que lhe dirigissem a palavra, e respondessem às suas perguntas.

Uma vez no quinto andar, e sempre sem saber por que se apressava, ela, que detestava fazê-lo (e tendo em conta antes de tudo que o que desaparecia voltava a aparecer), correu para o lugar em que, segundo o seu cálculo, deviam ter emergido pelo teto, mas já não estavam. Fez com o olhar o desenho aproximado da curva, até o lugar por onde o piso devia tê-los engolido. Ficou um instante indecisa, e então viu passar pela abertura de uma porta um grupo de cinco ou seis, flutuando à meia altura entre o teto e o chão. Mesmo que momentânea, a visão lhe pareceu mais estranha ainda do que a anterior, quase como se estivesse na presença de homens reais. Deu uns passos pelo corredor: este andar tinha vários quartos de dormir em fileira. Pôde vê-los no quarto seguinte, e no terceiro. Vocês também vão à festa?, perguntou por fim. Um dos fantasmas girou a cabeça e disse: "Claro que sim, Patri", e um segundo depois atravessavam a parede. Estes também perfaziam uma curva, mas que teria sido visível apenas de cima, pois mantinham constante a altura. Do último quarto percorreram apenas um ângulo e saíram para o grande salão do fundo, muito iluminado. Ali a velocidade do seu deslocamento aumentou. A Patri os tinha pela primeira vez bem à vista, percorrendo um arco cada vez mais rápido diante dela. Por que "claro que sim"?, perguntou, continuando a conversa. Outro, não o que tinha falado antes, e sem olhar para ela (pelo contrário, pareceu-lhe que voltava a cabeça para a abertura do fundo, fonte da luz), perguntou por sua vez: Quem perderia o grande réveillon da meia-noite? E ouviu, quando já se fundiam na parede da esquerda, uma das gargalhadas características, que agora, por algum motivo, soavam incongruentes. Queria perguntar quem dava a festa, mas estava intimidada. Limitou-se a segui-los no grande círculo que percorreram, até a grande sala da frente, que fazia *pendant* com a do fundo, e ali se dispersaram como uma esquadrilha de aviões.

Como ficou perto da escada, e vários fantasmas tinham tomado a direção descendente, quis descer mais um andar. A luz diminuía de um andar para o outro. Como no quarto havia menos divisórias construídas, pôde ver até o fundo, onde havia alguns flutuando no vazio para além da beirada. Na realidade não podia dizer que estivessem "flutuando". Parecia-lhe antes que estavam de pé, sobre nada que se pudesse ver. Foi até eles, com a sua clara inocência de sonâmbula. Eles, de sua parte, olhavam para ela.

O crepúsculo também tinha algo de arquitetura. Era uma construção, mas não ao acaso como se poderia ter suposto de um fenômeno meteorológico, e sim bem pensada, ou antes pensamento ela mesma. Os maiores espaços concebíveis se transformavam em instantes, e debaixo de algo assim como tetos ou azulejos se formavam quadrículas de sombra, de luz, de cores. Mas tampouco se podia dizer que fosse a construção real, tal como se entendia a realidade, por exemplo a deste edifício. O crepúsculo era provisório, indiferente, sutil; os seus compartimentos de luz não abrigavam ninguém, no momento, mas qualquer pessoa poderia imaginar a si mesma recortada de uma fotografia e colada nos belos tetos celestes. Dentro da Grande Construção imaginária havia construções reais, menores, que se elevavam em sua gloriosa inutilidade, incompletas, também provisórias, mas ao seu modo, com aspectos de permanência. E tudo isso, e aqui estava o ponto mais estranho, era uma hora do dia, ou da noite, mas antes do dia, e nada mais.

Absorta, tinha se aproximado quase demasiado da borda, olhando os fantasmas; ao se dar conta, deu um passo para trás. Observou-os na meia-luz, ainda que estivessem um pouco altos demais em relação a sua linha de visão para estudá-los em detalhe. Pôde comprovar que eram os mesmos de sempre; o que tinha mudado era a luz: nunca os tinha visto tão tarde no verão. Essa irrealidade tão chocante neles, e tão tranquilizadora, produto da luz excessiva da sesta em que apareciam como ludiões idiotas, se dissipava na meia-luz dramática do entardecer. Elevavam-se frente a ela com relativa lentidão; mas a Patri, por experiências anteriores, tinha motivos para supor que essa lentidão estava lotada de diversas e inumeráveis velocidades extramundanas. O que a ela parecia quase tão lento quanto o transcurso de uma agulha de relógio podia ser, da distância adequada, algo mais do que uma velocidade simplesmente alta: podia ser o próprio fluxo da luz ou da visão.

Nesta inovadora aparição tardia os corpos se faziam tridimensionais, tangíveis; e que corpos: profundos, fortes. A poeira que os cobria tinha se tornado uma esplêndida decoração que reluzia, ao não ter mais que absorver quantidades tremendas de luz solar, o dourado escuro da pele ressaltava a curvatura dos músculos, a perfeição da superfície. Ela tinha acreditado ver, em homens comuns e vivos, esses peitorais pronunciados, esses ombros, os braços torneados, o abdômen com o desenho simétrico, as pernas longas e lisas. E os sexos, o aparato moderadamente dobrado mas algo levantado, pela força mesma de seu peso e volume (é certo que os olhava de baixo), eram diferentes de qualquer outro que tivesse visto, mais reais, se diria, mais autênticos.

Olhavam para ela, enquanto subiam, porque iam subindo e se adiantando, para os fundos do quinto, olhavam para ela de cima e lhe dirigiam um sorriso indecifrável.

Quem dá a festa?

Nós.

Já não riam como possuídos. Falavam com vozes cálidas e palavras compreensíveis, em um castelhano sem sotaque, nem chileno nem argentino, antes como o da televisão. Falavam a ela, e isso também era como se os seres da televisão lhe dirigissem a palavra. Mais ainda lhe surpreendia que parecessem racionais. A surpresa condensava o sentimento que a trouxera aqui embaixo:

a inquietude, a perturbação, vagas e indefinidas, agora se tornavam uma clara angústia, uma dor, também indefinível mas por outros motivos, como se lhe fosse impossível tocar a realidade mais verdadeira, a de uma promessa que se furtava a sua mão. Não é que os fantasmas tivessem despertado os seus desejos; era impossível, está claro; mas havia algo disso. Existem desejos que, não sendo tão exatos e práticos, não são menos urgentes, nem sequer menos sexuais. Disse para si mesma que não devia ter obedecido a sua curiosidade, que deveria ter resistido. Mas era inútil. Voltaria a fazê-lo mil vezes, toda a vida.

Tinham desaparecido de cima da sua cabeça. A última coisa que viu deles foi os calcanhares, e tinha virado tanto a cabeça para trás que quando voltou à sua posição normal ficou mareada e vacilou à beira do vazio, do qual sem querer tinha voltado a se aproximar perigosamente. Deu meia-volta e foi até a escada, para subir. Na parte mais sombria do andar, na frente, viu surgir diante dela um fantasma se deslocando em diagonal (parecia o movimento da moda), também para cima. Antes que tivesse se aproximado já chegava ao teto e o atravessava lentamente, começando pela cabeça. Tão lento, que pareceu se deter na metade do processo (as velocidades, mudando no interior do movimento, passavam a outras dimensões). Do teto de concreto, quando a Patri chegou a esse ponto, caía a metade inferior do corpo, como um objeto escuro e indiferente. Subiu pela escada e voltou aos fundos, onde pressentia que se reuniam em maior quantidade. De fato, um grupo grande a esperava ou parecia esperá-la junto à beirada, mas do lado do ar, banhados na última luz, sobre o fundo do ar intenso do fim do dia. Dentro desse ar de visibilidade obscura esperavam por ela, porque um deles pronunciou o seu nome. Quê, perguntou a Patri parando a uns três metros.

Não gostaria de assistir à nossa festa esta noite?

Se me convidam...

Estamos fazendo isso.

Um silêncio. A Patri tratava de entender o que lhe tinham dito. Por fim perguntou:

Por que eu?

Era uma fatalidade que perguntasse isso. Não responderam. Bem pensado, não podiam fazê-lo. Deixaram a seu critério. Houve um silêncio que se prolongou um pouco mais que o outro.

E?

Estou pensando.

Ah.

Parecia haver uma certa ironia nos fantasmas. Nesse momento retrocederam, sem fazer nenhum movimento, outra vez como visões afetadas por um diferencial de distâncias. Mas retrocederam de qualquer modo, e o espetáculo que brindaram então à ingênua exploradora não pôde ser mais extraordinário. Uma espécie de hélice de luz banhou-os como por descuido, envolveu-os em um amarelo invisível. O pozinho tinha se tornado apenas uma insinuação, uma penugem. A Patri sentiu que o seu coração ficava apertado diante desses homens... De fato, foi como se visse homens pela primeira vez. Parem!, gritava a sua alma, não vão embora nunca! Queria vê-los assim por toda a eternidade, ainda que a eternidade durasse um instante, e sobretudo se durasse um instante. Não concebia a eternidade de outra forma. Vem, eternidade, vem e seja o instante da minha vida!, exclamava para si mesma.

Claro que terá que estar morta, disse um deles.

Isso não tem nenhuma importância!, respondeu de imediato, apaixonadamente. Sua paixão queria dizer outra coisa em relação ao que diziam as suas palavras, outra coisa que não sabia o que era. Mas também significava exatamente o que tinha dito.

Pareciam estar muito quietos olhando-a. Era assim? Ou iriam viajando a uma velocidade incrível, atravessando mundos, e ela estava na posição em que simplesmente não percebia esse movimento? Isso tampouco tinha importância, pensou. De qualquer modo, deslizaram com um movimento fluido ao andar de baixo e ela ficou olhando para o vazio, onde estava a grande cidade em cujas ruas se acendiam as luzes.

Como o espetáculo não lhe interessava, deu meia-volta e retornou rumo à escada. Mas ao chegar ao descanso se deu conta de que não sabia se devia subir ou descer para continuar vendo-os. Era como se, uma vez cumprida a sua missão, tivessem se desvanecido. De qualquer modo era inútil continuar subindo e descendo. Se cansaria e iam doer-lhe as pernas: esta escada sem corrimões e no puro cimento obrigava a uma grande tensão para não perder pé. Já tinha feito exercício demais por hoje. Além disso, a cada minuto que passava o exercício de subir e descer se tornava mais perigoso. As primeiras sombras espessas, entre as quais ainda havia novelos de transparência, se apoderavam do edifício.

Um estremecimento percorria o corpo da Patri. Tremiam-lhe as pernas, mas não por causa da escada, nem sequer pelo espessamento da escuridão. Sentia-se aturdida. Desceu dois degraus e se sentou. Passado um momento pôs-se a refletir seriamente no que havia prometido pensar. Só que ela, por ser, como dizia a sua mãe, "frívola", não pensava nunca a sério. E neste caso a sua frivolidade se multiplicava por ser o motivo que teria tido para a sua séria reflexão, justamente, o frívolo por excelência: uma festa.

Mas uma festa, pensava, tinha algo de sério, de importante. Era uma suspensão da vida, de todas as seriedades da vida, para poder fazer algo sem importância: e não era importante isso? O tempo, estamos acostumados a vê-lo sempre dentro do próprio tempo, e quando está fora? O mesmo ocorre com a vida, a qual é comum, e parece o normal e o único aceitável, conceber dentro de um marco geral da vida mesma. No entanto, havia outras possibilidades, e uma delas era a festa, a vida fora da vida.

Agora, se podia recusar o convite para uma festa?, pensava a Patri. À parte as sutilezas pelas quais se poderia dizer que o convite, por já provir de fora da vida, e ser ouvido, implicava uma aceitação, era evidente que sim, se poderia recusá-la. Era algo que acontecia todos os dias. Mas quantos convites desses podia haver na vida? Porque, além da estratificação vertical em faixas ou portas pelas quais se "entrava" ou "saía" dela, a vida tinha outra dimensão, "horizontal" ou temporal, segundo a qual durava mais ou menos. A uma festa mágica com fantasmas, obviamente, a convidariam muito poucas vezes. Mas podia haver outra ocasião, isso não preocupava a Patri. Em troca, quantos convites assim podia haver *na eternidade*? Isso era outra coisa. Aí a repetição já não era questão de probabilidades, nem sequer usando os grandes números. Na eternidade, à diferença de "na vida" ou "fora da vida", esta festa era uma ocasião absolutamente única.

Todas estas questões apareciam envolvidas em outra: por que não aceitar simplesmente? Aí reapareceria a vida, mais espessa do que nunca. A vida tinha isso de molesto, os prazos postos a cada coisa, esse constante esvaziamento com tempo, até fazer do compacto uma verdadeira nuvem. Para uma frívola como ela, a vida deveria ter sido um bloco, um pedaço de mármore. Inclusive no pensamento, eliminando os buracos que há entre um membro e outro da proposição. Frívolo é dizer: quatro é quatro. A seriedade vai se deduzindo por delgadíssimas porções, a partir da módica utilidade de dizer "dois mais dois são quatro", depois "dois mais dois é três mais um", até chegar a "Colombo descobriu a América". A frivolidade é o efeito tautológico, mas *de tudo* (porque não se é frívolo nisto sim e naquilo não, não se é frívolo por partes mas integralmente). É a circunstância de saber tudo antecipadamente, porque tudo é repetição de si mesmo, tautologia, reflexo. Ser frívolo então é deslizar por essas repetições, e somente por elas. Por acaso havia outra coisa? Não para a Patri.

E ao mesmo tempo não tinha mentido ao dizer que "estava pensando bem". Pensar também é abrir um buraco, mas era inevitável no seu caso; ela se considerava quase um objeto de pensamento, é claro que de um pensamento alheio, inclusive longínquo. Os fantasmas punham-na em posição de ter que pensar, de ter que se ocupar disso.

E não porque tivesse algo em que pensar: a decisão, como sempre ocorre, era automática, prévia. Claro que assistiria. Eles mesmos deviam saber, por isso tinham se limitado ao essencial e calaram esse elogio antecipado que se costuma fazer das festas. Ela iria. Não sentia sequer a necessidade de fazer a lista de todos os motivos que tinha para ir.

O ruído de uns passos interrompeu as suas reflexões; não soube se vinham de cima ou de baixo. Ergueu a cabeça mas não foi muito o que viu; a noite tinha caído. As vozes dos seus familiares, lá no terraço, soavam com perfeita claridade, como se os tivesse ao alcance da mão. E, além disso, uns passos, quase uns sussurros. Por fim se deu conta de que alguém ou algo vinha subindo pelo lance da escada imediatamente inferior. Pôs-se de pé mas não teve tempo de dar a volta e subir, como havia pensado, porque uma sombra emergiu ao pé da escada e veio em direção a ela, aparentemente sem vê-la. Somente quando tinha percorrido a metade do lance, os quadrados que faltavam na laje ao redor da escada e que tornavam tão perigoso todo o aberto, haviam deixado passar luz suficiente para que pudesse distinguir alguma coisa. Era um homem, de uns trinta anos, o mais formoso que tinha visto na sua vida: camiseta branca, mocassins brancos, calça creme com a risca bem passada, relógio de ouro, correntinha, anel com pedra vermelha, os bíceps bem marcados e descobertos pela metade debaixo das mangas curtas, o cabelo curto, conforme a moda, com um rabinho atrás, o corte das orelhas bem alto, ao estilo "taça" sul-americano, óculos escuros de corte aerodinâmico, um cigarro na comissura dos lábios. Dirigiu-lhe um indolente sorriso:

Tu deve ser a Patri.

Ela não conseguiu nem sequer abrir a boca. Não podia imaginar quem era este cavalheiro que sabia quem era ela.

Sou Roberto.

Roberto?, perguntou ela, que se envergonharia mais tarde por ter feito uma pergunta tão pouco cortês, quase como se lhe dissesse: que Roberto?

Mas ele não se ofendeu. Soltou uma risadinha, deu um passo adiante, e tomou-a pelo braço para continuar subindo. O namorado da Inés Viñas, esclareceu. Ah, Roberto, exclamou a Patri, ruborizando-se de tal modo que se não estivesse escuro ela teria sido vista feito um tomate – mas esse sujeito, com os seus óculos escuros, devia ver na escuridão. Chego tarde? Não, senhor, ainda não nos sentamos para comer, acho. Ele voltou a rir, mas pediu, por favor, que não fosse tão formal: Pode me tratar de tu, disse.

Eram nove horas. O jantar se anunciava por múltiplos sinais, entre eles o cheiro dos frangos assados e o sentimento que produzia nos comensais. A noite foi, como não se podia esperar outra coisa, salvo a vã esperança de um milagre, uma dessas noites quentes e pesadas de Buenos Aires que eram exatamente como havia sido o dia que a precedeu, só que sem luz. As crianças tinham reduzido o seu círculo de jogos e exclamações à zona iluminada, com ocasionais fugas para a escuridão, ou perseguições, das quais voltavam logo para onde mais se divertiam; isso os tornava mais incômodos do que antes, mas fazia mais alegre e mais íntima em geral a reunião, como se estivessem todos encerrados dentro de um quarto sem paredes. Na escuridão, os carrinhos vermelhos e os azuis se tornavam iguais. Uma luzinha nua sobre a porta da sala de jantar era toda a iluminação que tinham e precisavam. Uns poucos mosquitos e cupins desenhavam suas passagens pelas zonas de luz. Raúl Viñas comentava que a vantagem de viver tão alto era que nem todos os animaizinhos alados se atreviam a visitá-los. Não havia insetos de tempestade. Conversava-se todo o tempo, em grande estilo. Tudo era conversar. Com os homens era diferente de quando o faziam as mulheres sozinhas: eles colocavam o traço universal, o tema inesperado no geral, mas também podiam ser mais individualizadores do que as mulheres, não tanto por dissecarem um tema senão pela forma: com as afirmações taxativas, com as ideias radicalmente errôneas que faziam sobre as coisas mais banais. Em geral as mulheres reconheciam esta diferença, e a apreciavam, sobretudo porque eram tão raras as ocasiões em que falavam todos juntos: uma festa familiar como esta ou alguma reunião por um assunto específico, mas neste último caso não havia tanta liberdade para mudar de assunto. O que não queria dizer que não continuassem falando entre elas, ao seu modo, por baixo da conversa geral, inclusive dirigindo-se alusões sutis que reconheciam com um sorrisinho aqui e ali.

O aparecimento de Roberto causou sensação. Todos concordavam em que não o imaginavam assim. Não, nem melhor nem pior: diferente. Mas isso era um efeito de que tivesse aparecido realmente. Até Carmen e Javier, que já o conheciam, tinham-no imaginado diferente. Parecia argentino, coisa que se explicava porque o era parcialmente; ainda que, sem dúvida, era imensamente mais chileno do que argentino. Inés o olhou com surpresa quando chegou: não tinha trazido nada? As garrafas de vinho? Os sorvetes? Mas não era tu que ia trazer?, perguntou ele aparentando mais surpresa ainda. Tinham sido vítimas de um mal-entendido. E tanto que haviam falado até decidir o que trariam para o jantar! Tinham decidido muito bem, em detalhe, mas se enganaram em relação a quem o faria. Acabaram rindo. Elisa Vicuña mais do que ninguém. Era simpático, e muito bem-educado. Raúl Viñas convidou-o para sentar com eles, com Javier e ele, e se puseram a conversar. Ele tirou os óculos escuros, e mostrou uns olhos verdes pequeninos de menino bom. Não parece chileno!, exclamou a Carmen, enquanto o seu marido opinava exatamente o contrário.

Tem tantas espécies de chileno!, disse Elisa. É o que eu digo, retorquiu Roberto.

A sua entrada fez passar despercebida a ausência da Patri. Ainda que não para todos, porque quando entrou na cozinha, uma vez passado todo o barulho da recepção ao namorado, Inés, que estava se desculpando outra vez com a sua cunhada pela confusão, lhe perguntou: Onde tinha te metido, garotinha? Por aí, respondeu ela sem entrar em detalhes. A mãe lhe dirigiu uma olhadela. Quem sabe onde tinha estado, certamente sonhando com os seus mistérios. Que beleza é o teu namorado, disse Elisa para Inés Viñas. Ai! Tu acha?

Era preciso tirar a mesa, e o fizeram os homens, ou melhor dito, os dois irmãos, que não permitiram que Roberto participasse disso. Mas acontece que a mesa não queria sair pela porta da cozinha. Não sabiam se era porque estavam um pouco tontos por causa do álcool junto com a chegada da noite, ou porque realmente havia dificuldades, mas estava difícil, aparentemente impossível. Se entrou, dizia Javier Viñas, tem que sair. Mas entrou?, perguntou Raúl Viñas, primeiro fazendo piada, e em seguida, em sua mente de repente confusa, sentiu um calafrio quase de terror, perguntando a si mesmo se não teriam posto essa mesa na sala de jantar *antes* de erguer as paredes. Lembrava-se do trabalho de erguê-las, mas naquele momento, poderia jurar, eles estavam vivendo no primeiro andar. Nisso, e antes de que tivesse saído de seu estupor, com uma ligeira inclinação que ele mesmo imprimiu ao tampo depois de terem passado dois pés, a mesa saiu, e todos festejaram. Puseram-na no lugar que pareceu mais adequado, nem muito perto nem muito longe da porta, quer dizer, da luz. Uma meia penumbra sempre era agradável para comer, mas o calor a tornava mais envolvente, mais mística. Os adultos, sete segundo o cálculo que incluía a Patri, cabiam perfeitamente ao seu redor. Para as crianças, como costumavam fazer nas ceias de certo aparato, armavam uma mesinha baixa com cavaletes e tábuas, uma espécie de mesinha longa, que reproduzia a que improvisavam os pedreiros embaixo nos seus churrascos do meio-dia. O problema eram os assentos. As quatro cadeiras e quatro bancos da família deixavam ainda em pé os menores. A solução era mais uma vez recorrer ao sistema dos pedreiros e descer para buscar os caixotes que usavam cotidianamente para sentar e comer. Fizeram-no os homens, os três, porque se empenharam em não ceder em cortesia, e além do mais porque seriam necessários vários braços. Fizeram a excursão alegremente, com a lanterna de Raúl Viñas à frente.

Enquanto isso, a Patri tratava de pôr a mesa. Primeiro estendeu uma bonita toalha branca, e o resto se fazia de modo quase automático: pratos, garfos, facas. Quanto aos copos, que os homens tinham deixado no chão, ela tinha um sobrenatural poder de adivinhação para saber qual pertencia a cada um, e não se enganava. Na cozinha, Inés Viñas e suas duas cunhadas preparavam as saladas, e é claro que conversavam. O assunto preponderante era Roberto, visto de todos os ângulos, mas principalmente o que lhe correspondia. A pergunta não formulada que cobria todos os comentários, os que por arte de magia se tornavam suas respostas antecipadas, era: como Inés Viñas fazia para não ficar grávida? E se diria que até ela mesma se fazia a pergunta, sem dar crédito aos seus pensamentos nem a sua vida.

Elisa tinha mergulhado um melão em uma travessa cheia de pedrinhas de gelo, para esfriá-lo. Inés havia sugerido uma inovação: envolvê-lo em papel jornal molhado, e assim cobri-lo com gelo, porque desse modo esfriava mais rápido. O resultado foi sensacional. A casca verdosa-esbranquiçada estava congelada. Elisa calculou o ponto dos frangos. Era sagaz neste aspecto, e gostava que a sucessão de pratos corresse com certa velocidade; as crianças agradeciam, e o seu marido não tinha demasiado tempo extra para beber.

Pois bem, já podiam começar. Carmen Larraín saiu para perguntar aos homens se estavam prontos. Claro que sim, não podiam estar mais prontos! Mais uma coisa: faltavam os guardanapos. Voltou à cozinha levando a mensagem, e a Patri pôs uma mão na cabeça: como podia ter esquecido! Sempre lhe acontecia. Sua mãe lhe disse para, depois de trazê-los, se encarregar de ver se estava tudo em ordem com as crianças. Enquanto isso ela, com a ajuda de Inés Viñas, tratava de cortar o melão, acomodar as porções em uma travessa alongada, e cobrir cada uma com uma fatia de presunto cru. Carmen e a Patri foram acalmar as crianças. Juan Sebastián, que tinha sido nomeado o chefe da mesa, bramava ordens despóticas, sobretudo aos seus irmãos (dos primos, tão marciais, tinha um pouco de medo).

Chegou o melão, e a cozinheira se sentou: o jantar começava. Havia dois pedaços por cabeça, para os grandes, e um (mas cortado em dois) para as crianças. Não era o alimento ainda, apenas uma guloseima para abrir o apetite. Era preciso levar em conta que não era uma família muito adepta da comida. Mal e mal prestavam-lhe atenção. O melão estava no seu ponto justo; um dia a mais que tivessem demorado para comê-lo e não teria sido o mesmo (tampouco um dia a menos); o doce, com toda a sua intensidade elegante, não desmerecia o gosto peculiar do melão, que não tem nada a ver com a doçura em si. E o presunto também estava no ponto, com uma sorte de calor salgado que contrastava felizmente com a doçura gelada da fruta. Depois do melão vieram as saladas, e quase de imediato os frangos, perfeitamente dourados, crocantes, modestamente condimentados. Raúl Viñas havia cuidado de fazer acompanhar as aves com umas garrafinhas de Santa Carolina envelhecido que ele conseguia barato na sua casa de vinhos de confiança. Que secos são os vinhos chilenos!, diziam todos, degustando, com um toque de nostalgia que não acentuavam para não estragar a noitada. Mas que secos são, que secos! Era paradoxal que essa secura enchesse os seus olhos de lágrimas. Contudo, o jantar transcorreu com a maior alegria; às vezes, uma ponta muito dissimulada de tristeza é necessária para que a alegria seja completa. Tanto seria, que os pequenos se comportaram bem.

A única que tinha um pensamento secreto era a Patri. Menos uma ideia que um sentimento: sentia que faltava algo por fazer, que algo tinha ficado pendente. Na realidade, o que queria era deixar de pensar. Não gostava de se sentir um mecanismo cumprindo uma função, mas como havia dito aos fantasmas que "tinha que pensar", se via na compulsão de fazê-lo. Neste transe podia apreciar a utilidade de falar, ela que era tão calada. Quando se fala, automaticamente deixa-se de pensar; é como se livrar de um contrato. Ou antes, se dizia: é como essas histórias em que aparece um homem de grande beleza, diante do qual o protagonista, muito viril, sente uma inexplicável atração que o alarma, justificadamente, até que no final se descobre que o homem bonito era uma mulher disfarçada. Assim é a dialética entre pensar e falar. Mas, ao pensá-lo, a Patri terminou se dizendo que ela mesma, sim, ela mesma (e este era o segredo do seu pensamento, de todo o seu pensamento), não era por acaso uma mulher disfarçada, muito bem disfarçada... de mulher? Mas não se internava por esses corredores misteriosos, preferia se manter na superfície da sua frivolidade, porque também havia uma dialética entre o pensamento e o segredo. Ou, mais urgente neste caso, entre o pensamento e o tempo. Não se podia, simplesmente, continuar pensando todo o tempo. Era como um pintor que, por questões de técnica, por exemplo a secagem de umas cores muito espessas, se demorasse em um quadro, e nessa demora fossem ocorrendo mais ideias, e cada ideia significasse um personagem, uma montanha, um animal, e o quadro continuava se povoando, até explodir em uma multidão intolerável.

As crianças escapavam todo o tempo da sua mesinha; seus pais, imobilizados pelo prazer da comida, as deixavam em paz, exceto quando saíam do círculo mais ou menos iluminado pela luzinha, pois na escuridão se ocultavam as bordas irreversíveis do vazio, ou, menos temíveis mas também perigosos, os da funda piscina. Nesses casos, uma das mulheres se dispunha a trazê-los de volta, ou a espantá-los com uma reprimenda quando isso bastava. A última a fazê-lo foi a Patri, até então abstraída, quando todas as demais cumpriram o seu turno. Tinha havido uma verdadeira debandada; umas palavras de Elisa, levantando a voz, não bastaram para que todos voltassem aos seus lugares, motivo pelo qual a jovem empurrou a sua cadeira para trás e foi ver onde não se via. Caminhou até o fundo pela esquerda da piscina, e o seu avanço foi suficiente para que ouvisse os maiores correrem pela direita, salvando-se. De qualquer modo seguiu até o extremo posterior do terraço para comprovar que não restava ninguém. Não havia crianças, e uma vez perto da beirada se via mais claro, pois subia a luz das casas e das ruas lá embaixo. Deteve-se já sobre o fio, mas não corria perigo porque no humor absorto em que estava se detinha a cada momento, e este não foi a exceção. Apareceram uns fantasmas flutuando no ar a dois ou três metros dela. A noite tinha-os tornado majestosos, monumentais, talvez porque os iluminasse de baixo o resplendor que vinha da avenida Alberdi, do outro lado do quarteirão, em tênues esboços, apenas umas linhas douradas no escuro. Pareciam mais sérios também, mas isso nunca se sabia. Para a Patri ao menos tinham entrado em um grande campo de seriedade. Esses volumes afundados nas sombras, essas superfícies que se tornavam linhas para sugerir volume em uma dimensão exacerbada da irrealidade, pareciam-lhe estranhos, quase incríveis de solenidade. Sobre eles, que "não tinham nada que ocultar" (porque não viviam), as sombras tinham outro objeto. Aceito o convite, disse-lhes: um minuto antes da meia-noite vou me jogar daqui. Daqui?, disse um dos fantasmas, como se não entendesse. Sim, daqui. Ah. É mais prático, a Patri achou que devia esclarecer. Então assentiram; e por esse simples fato, por parecer terem entendido, já não resultavam tão sérios. Um deles lhe disse: Obrigado por confirmar, senhorita. Já está tudo pronto para o réveillon.

Quando voltou para a mesa notou que sua mãe a olhava com estranheza. Perguntou-se no que estaria pensando, mas nada mais. Sobre os ossos de frango e as gamelas vazias, os comensais falavam disto e daquilo. Dava-se a circunstância curiosa de que todos eles sem exceção eram nativos de Santiago, a mais bela cidade do mundo, segundo convinham de boa vontade e completamente persuadidos de antemão. Pelos elogios que faziam de Santiago, pareciam empregados de uma agência de turismo.

Lástima, disse Roberto, que em Santiago não se vejam as estrelas, por causa do *smog*. Eu vi, disse Raúl Viñas inclinando-se para frente. Caso se observasse o Raúl Viñas com atenção, notavam-se certos gestos, certos bamboleios da cabeça por exemplo, que fariam dizer: "coisas de bêbado". Mas acontecia que o seu irmão, que não tocava em álcool, ou pelo menos não se excedia ao tocá-lo, tinha os mesmos gestos. Então o observador devia se corrigir: "coisas de família". Essa correção Roberto estava fazendo constantemente enquanto conversava com os seus futuros cunhados. Eu vi, disse Raúl Viñas inclinando-se para frente e bamboleando a cabeça com divertido excesso. Ah, que vivo, replicou o namorado da sua irmã: eu também vi, senão como saberia que elas existem? Não descobri na Argentina. Mas via em outros tempos, antes, quando era pequeno. É que eu vi agora, faz pouco, disse Raúl Viñas. E o seu irmão Javier disse exatamente o mesmo. Escuta, diziam ao Roberto, escuta... Porque desde o primeiro momento tinham decidido tratar o Roberto de tu, já que iam se tornar cunhados; as senhoras haviam tomado o mesmo partido. De outro modo o jovem teria se sentido incomodado. Como não se punham de acordo sobre o que tinham visto em Santiago, passaram a não se pôr de acordo sobre algo mais próximo: Aqui acontece o mesmo que em Santiago, disse Inés Viñas, ainda que não exista *smog*. A causa é o excesso de iluminação noturna nas ruas. Para alguns, opinou a Carmen, nunca é excessiva. Mas é que aqui também se pode ver!, disse Javier Viñas. Não pensa, não pensa, dizia-lhe o Roberto. Mas vamos fazer a prova, filhos!, exclamou Elisa, e depois de pedir às crianças que se comportassem porque iam ficar no escuro por um momento, foi até a cozinha e apagou a luzinha. Todos jogaram as cabeças para trás e olharam para cima. Quando as suas pupilas se dilataram, um imenso céu estrelado, toda a via láctea em sua grandeza inusitada, apareceu diante deles. Mal e mal se vê, dizia Raúl Viñas.

Mas eu vejo claríssimo!, disse Javier. Sim, está certo. Sim, sim. Todos olhavam, desinteressados da discussão. São as galáxias!, diziam os filhos do Javier. Se tivéssemos um telescópio!

Enquanto os demais se extasiavam com as estrelas, pareceu à Patri ver no céu a sua família, a que tanto amava e da qual, nesse momento se dava conta, estava se despedindo. Não era certo que os mortos, como diziam, se transformavam em estrelas: era ao revés. Agora que ela os abandonaria para sempre, não podia dizer que sentisse tristeza, mas os via espalhados no céu negro, cada um como um ponto de luz, belo e eterno, e sentia uma espécie de nostalgia, não antecipada mas quase no passado. Dizia-se que qualquer sacrifício é viável, se vale a pena. É que estavam tão longe... Tinham razão os pequenos: deveriam ter um telescópio; mas então as veria mais longínquas ainda. Fez um pequeno movimento com a cabeça, e foi como se as estrelas, com toda a sua lonjura, tivessem entrado nela. O "estado de despedida" representava um certo desapego. Como esse desapego ou desdobramento afetava também o pensamento, veio-lhe à mente a seguinte analogia: um homem que, ao executar as atividades de todos os dias, pensasse que em um estado ideal de felicidade, perfeita, quando todos os requisitos postulados pelos filósofos (e os houve muito exigentes nessa matéria, não tanto porque fossem melindrosos, ainda que naturalmente o fossem, por serem quase todos solteiros, por deixarem-se levar pelas deduções de suas ontologias) tivessem sido satisfeitos, poderia estar fazendo exatamente o que faz, não algo equivalente mas o mesmo, como em um mundo paralelo. Claro que não deveriam se tratar de trabalhos muito deploráveis, dos que há tantos, mas hoje em dia, pensava a Patri, não é pouca a gente que vive sem trabalhar, de modo que os objetos das comparações hipotéticas deste homem seria uma caminhada, uma sessão de ginástica, uma viagem de trem para os subúrbios, esse tipo de coisas. E não necessitaria de grande esforço imaginativo para chegar à conclusão de que sim, de que poderia haver uma perfeita identidade entre isto que faz realmente e o que faria a esta mesma hora e dia em um estado de felicidade perfeita (individual, social e cósmica, caso quiser, o fim da alienação, etcétera, etcétera). Não necessitaria de nenhum esforço imaginativo na realidade, porque não seria preciso pôr em jogo a imaginação, bastaria modificar o gesto, a forma do gesto: os movimentos um tanto mais pausados, um sorrisinho superior, a cabeça um pouco mais erguida... É inevitável, pensou: a gente olha para o céu estrelado e já está pensando em outros mundos, que grande bobagem!

Claro que as estrelas sobre Santiago, disse o Javier, são completamente diferentes. Diferentes em quê?, perguntaram-lhe com alguma estranheza, sem entender. Porque são outras, respondeu. Raúl Viñas agarrava a cabeça escandalizado. Mas que barbaridades tu diz, filho! Se estamos no mesmo hemisfério! E o que isso tem a ver? Entre eles mesmos, não sabiam se acreditavam nas suas respectivas ignorâncias inverossímeis ou se pensavam antes que estavam zombando uns dos outros. As mulheres riam. Elisa Vicuña, que tinha fama bem merecida de mulher inteligente, apoiou as visões do seu cunhado: Mas *são* diferentes. Isso sim, a apoiou Roberto, e Raúl Viñas então não pôde menos que fazer o mesmo, sobretudo porque, nesse ponto, sim estava de acordo: Claro que são diferentes, disse, mas isso não quer dizer que não sejam as mesmas constelações, a mesma disposição, as mesmas estrelas, se quisermos. Todos olhavam com grande atenção para as estrelas. Viam algo conhecido nelas? Não podiam dizer isso, mas tampouco o contrário. Acho, disse a Patri, que são as mesmas, mas colocadas ao revés. *Exato*, disse Raúl, a Patricita tem razão. O ponto de vista é tudo, disse a Carmen. E pensar que já olhamos para essas estrelas do outro lado, disse Inés Viñas entre melancólica e risonha. Mas os pescoços doíam, e como as crianças tinham aproveitado a escuridão para escapar e saltitar como demônios, voltaram a acender a luz. Apareciam deste mergulho nas sombras estelares mais sorridentes do que antes, se viam com outros olhos, que, como é lógico, eram os mesmos. Fizeram um brinde:

Pelas estrelas chilenas. Existe uma corrente que leva as estrelas!, disse Raúl Viñas bebendo.

Pouco depois tinham servido as frutas e as estavam degustando. Toda a família as preferia às sobremesas, e era uma sorte para a dona de casa porque exigia menos trabalho, salvo o que dava descascá-las e tirar os caroços e sementes, sobretudo para as crianças. Quando o disseram ao Roberto, ele não podia acreditar. Porque era exatamente o seu caso. As sobremesas repugnavam-lhe tanto quanto venerava a fruta, e que fossem servidas após a melhor comida bastava para lhe arruinar retrospectivamente todo o prazer. Poderia ter apostado que a Inés havia comentado esta peculiaridade sua, mas não, muito pelo contrário, a Elisa Vicuña tinha temido que se sentisse insatisfeito com frutas e nada mais, assim ao estilo natural, mas de qualquer modo não quis arruinar o prazer dos demais. Era quase telepatia, uma coincidência que justificava mais ainda o seu ingresso na família. E que frutas! Gloriosas nectarinas, violetas de tão maduras, damascos em forma oriental, uvas brancas e pretas sublimes em cada baga de cada cacho, morangos sangrentos, peras Belle Helene de polpa branquíssima, cerejas roxas, grandes ameixas-pretas, toda a abundância da natureza, de uma natureza civilizada mediante enxertos e cuidados até o maior refinamento, quase até o umbral de captação das perfeições gustativas. Não se satisfazia com menos essa família de gulosos frugívoros; por sorte a fruta era barata no verão.

Sabem, disse Elisa, que nessa obra tem fantasmas? Fantasmas de verdade?, perguntaram. Bom, eles nunca são de verdade, não é? Mas se pode ver, todos os dias, na sesta. E em outras horas, assinalou a Patri. Sim, em outras horas também. A conversa tomou o rumo dos fantasmas. Todos tinham alguma coisa para contar, alguma experiência, alguma lembrança, ou pelo menos algo que tinham ouvido alguma vez. Era justamente o tema que mais se prestava para contar histórias.

Raúl Viñas contou a do fantasma que ia tão distraído olhando passar um avião, que caiu num buraco. No buraco havia uma lebre, e começaram a conversar; ela (quer dizer, "ele", porque era uma lebre macho; o fantasma por sua parte, dito seja de passagem, era o de uma mulher) também tinha caído por acidente e tinha ficado no fundo, não porque não pudesse sair (era um buraco de escassa profundidade), mas para descansar. O senhor também vinha olhando o avião que passou?, perguntou o fantasma. Não, disse a lebre, eu vinha fugindo. Ah sim?, perguntou o fantasma interessado, e fugindo do quê? A lebre encolheu os ombros, por difícil que possa parecer o gesto em uma lebre. Ato seguido explicou que na realidade ela sempre fugia, de tudo, com o que no fim das contas não fazia muita diferença entre um motivo ou outro. Deveria fazer, aconselhou o fantasma. E para quê?, disse a lebre: para fugir mais rápido do que parecesse mais perigoso, e menos do que parecesse menos? Seria um grave erro, pois sempre poderia se enganar nas suas avaliações, e, ainda que não fosse assim, o menos perigoso podia acabar sendo perfeitamente mortal. O fantasma lhe deu a razão, e, pensativo, disse que havia sido imprudente de sua parte meter-se a dar conselho em uma matéria da qual ignorava tudo. Porque o seu era o contrário da fuga, era a aparição. A lebre suspirou: Quem não estivesse, como o seu ocasional acompanhante, livre da moléstia de preservar a vida! Para isso, disse sabiamente o fantasma, era preciso começar por perdê-la. Ah, mas então... É que... Não, perdão, a senhora se engana... Permita-me... Tão entretidos estavam em suas filosofias que não perceberam a chegada de um caçador, um mau esportista como se verá, torpe ainda por cima, que se debruçou à beira do buraco e, vendo uma lebre inerme aos seus pés, engatilhou a escopeta (esse "clic" sinistro, sim, logrou que "o" lebre e "a" fantasma voltassem à realidade, mas já não tiveram tempo para nada mais além de se paralisar) e disparou: pum. Como tinha má pontaria, acertou... o fantasma, a quem é claro que não tinha visto; a ferida foi à esquerda do peito, e manou um jorro de sangue transparente como o ar. A lebre não teve tempo de se apiedar pois, como a clássica moral no final das fábulas, de um salto havia saído do buraco e já estava longe, fugindo a toda velocidade.

Javier Viñas contou a história do velho relojoeiro que, para saber a hora, olhava a posição dos fantasmas, e, como um pensamento traz outro, daí passava a se deprimir pela decadência do seu negócio. O analógico cedia terreno, e a tendência parecia irreversível. Entristecia-se ouvindo as pessoas que passavam na frente da sua tendinha dizerem: são onze e cinquenta e seis, sete e trinta e nove, duas e um. Já ninguém dizia "faltam vinte e pouquinho", porque até uma criança teria respondido "quer dizer, e quarenta e um?" ou "e quarenta e dois?" Agora só o visitavam velhinhos como ele com alguma relíquia desbaratada, um Omega, um Vacheron Constantin, um Girard Perregaux, e não se surpreendia quando lhes parecia caro demais o conserto e no dia seguinte passavam com um relógio japonês no punho. Logo já ninguém saberia que a hora se compunha de duas metades; já ninguém ouvia o tique-taque: o coração era um órgão fora de moda. Porque o tique-taque do relógio era "como" o do coração; quer dizer, eram "analógicos". E os relógios analógicos eram os velhos, os de agulhas. É certo que com o sistema digital também eram feitas réplicas de relógios analógicos, com ponteiros, mas isso era uma extravagância, ou uma condescendência, em que o velho relojoeiro não punha nenhuma esperança. Passava o dia imóvel, deprimido, cada dia mais imóvel e mais deprimido, olhando para a parede do fundo da loja, onde os fantasmas davam a hora todo o dia; eram dois fantasmas do tamanho de crianças, tão pontuais, tão pacientes, que se tornara natural para o relojoeiro que estivessem ali dando a hora. E, quanto mais aumentava a sua própria imobilidade, mais natural parecia o lento e seguro movimento dos fantasmas-agulha. Mas não deveria ter confiado tanto. Porque um dia, uma tarde, os fantasmas desceram do seu lugar, e com um sorrisinho malévolo disseram: Velho avaro e estúpido, o tempo passa, as tecnologias se renovam, mas a cobiça humana não, e nesse "atraso" de alguns homens está a fonte da melancolia, que tem amargado a vida dos fantasmas. Não tem vergonha? O velho relojoeiro, atônito, não atinou a abrir a boca. Sentiu-se arrastado por uma força impalpável para o ar, para esse lugar perto da parede do fundo, onde tinham estado os fantasmas dando a hora: agora a dava ele, e com uma só agulha, ou seja, ele mesmo, a da hora, como os relógios mais antigos antes que se inventasse a dos minutos. Os verdadeiros fantasmas, enquanto isso, se esfumaram.

Como ninguém queria ser menos, as mulheres também contaram contos sobre o tema. O de Inés Viñas foi sobre um pintor retratista que perdeu a sua arte por ter se especializado em retratos de fantasmas que se materializavam apenas para posar e depois desapareciam.

Era fastidioso para o artista que não restasse realidade alguma com a qual comparar o seu trabalho. Mas isso não teria sido o pior. O pior foi que, em um exagero das suas economias de visibilidade, os fantasmas nem sequer se materializavam inteiros, mas apenas o motivo que nesse momento o artista copiava, e menos ainda que o motivo: o traço, a pincelada... Duplicavam com tanta perfeição o seu trabalho que o pintor, exasperado, quebrou os seus pincéis e pisoteou a paleta, chutou o cavalete e comprou uma Leica. Então foi muito pior.

A Carmen Larraín de sua parte contou como eram os fantasmas japoneses. No Império Celeste, quando um ancião morre, levam-se em conta as posições em que ficaram no prato todas as espinhas de todos os peixes que comeu na vida. Se formam um círculo satisfatório, vai para o Paraíso. Se não, torna-se um fantasma dedicado a ensinar bons modos na mesa às crianças. E os que não obtinham êxito neste encargo, terminou, tornavam-se instrutores de iquebana.

Roberto, por último, no lugar de contar um conto fez uma reflexão: Os fantasmas, disse, são como os anões. Se alguém se limita a pensar neles pode chegar à conclusão de que não existem, e segundo o gênero de vida que alguém leve pode passar meses ou anos sem ver nenhum; mas chega um momento em que, sem buscar nem desejar, os vê. Isso entra nas condições gerais da vida, dos acasos e coincidências gerais de que é feita a existência; por exemplo, pode se dar o caso de que em um mesmo dia alguém veja dois anões, ou duas dezenas de anões, e durante o resto do ano não veja nenhum. Agora, da perspectiva oposta, daquela do anão, é muito diferente: porque ele, o anão, é o que sempre aparece, com o seu metro e dez de altura, a sua cabeçota, as suas perninhas em arco; ele é a ocasião, para qualquer um que o cruze na rua, de poder dizer nessa noite: "Hoje vi um anão." Para ele é o constante, o contínuo, o que não admite um comentário especial. É a aparição perene, a ocasião feita vida e destino.

E a Patricita não nos conta nenhuma história?, perguntaram olhando-a, pois ela, efetivamente, não havia dito nada. As crianças tinham se aproximado da mesa e escutavam com a boca aberta todos os contos. A Patri pensou um momento antes de falar: Lembro de um conto de Oscar Wilde, sobre uma princesa que se entediava no seu palácio, entre os reis seus pais, os ministros, os generais, os camareiros e os bufões cujas piadas já sabia de cor. Um dia apareceu uma delegação de fantasmas para convidá-la para uma festa que dariam, e tão persuasivos foram ao descrever a dança que preparavam, os disfarces que poriam, a música que a orquestra fantasma tocaria, e tanto era o tédio da princesa, que nessa noite não vacilou em se jogar da torre mais alta do castelo, para poder morrer e assistir à festa. Os presentes ruminaram a moral. O conto não diz o que aconteceu na festa?, perguntou a Carmen Larraín. Não. Termina aí. Enorme surpresa terá tido a garotinha!, exclamou a Elisa rindo. Por quê? Filha, porque os fantasmas são maricas! Explodiram as gargalhadas. Este Oscar Wilde era impagável!, disse Roberto sufocado de tanto rir. A expressão de Elisa Vicuña parecia a todos uma grande piada de tipo surrealista. Uma tirada feliz. À Patri, por seu lado, que riu sozinha para que não pensassem que se sentia incômoda, a ideia tinha sobressaltado dolorosamente. Nesse momento os pequenos apontavam para a lua, que vinha subindo no céu em parte escondida pelos edifícios vizinhos, em parte dissimulada na distração da conversa, e todos olharam para ela. Lembrava-lhes que estavam jantando ao ar livre. Era uma lua cheia muito branca, sem auréolas, esse tipo de lua que se poderia passar a vida olhando, ainda que na vida as luas estejam sempre mudando.

Quando Elisa se levantou para preparar o café, a Patri se apressou em segui-la até a cozinha dizendo "te ajudo". Os demais continuavam conversando e tomando vinho. Raúl Viñas tomava quatro copos enquanto os demais tomavam um. O resultado era um elegante alcoolismo que passava desapercebido em sociedade, por meio do qual o seu corpo inteiro entrava em órbita, adquiria um movimento pessoal, que o fazia estar onde ninguém pensava. Uma vez sozinhas, a Patri perguntou o que tinha querido dizer com essa frase tão comemorada. Mas, filha... começou Elisa Vicuña, e aqui a palavra "filha", tão usual no léxico familiar dos chilenos, tão usual que inclusive as filhas a dirigiam às suas mães, sem pensar, ganhava além do mais o seu sentido lato, com o qual o tipicamente chileno se neutralizava, o idioma passava ao seu nível mais abstrato, quase como se a Elisa falasse dentro da televisão; mas filha, a gente nunca sabe o que quer dizer, e ainda que saiba, não tem importância. Tu sempre tirando importância de tudo, disse a Patri com certo eco de censura, que entre elas sempre era, de qualquer modo, atenuado e carinhoso. Mas a sua mãe, enquanto se ocupava de pôr a água para ferver, medir as colheradas de café na cafeteira, e alcançar à filha as xícaras para que as fosse repassando e colocando na bandeja com os pratinhos e as colherinhas, tinha ficado muito séria. Havia coisas que devia dizer à sua filha, e das quais não podia tirar importância. Tanto tinham falado, às brincas e às veras, dos "homens de verdade" que aguardavam o destino para fazê-las felizes que o tema, com efeito, foi perdendo peso nas suas respectivas imaginações. Era necessário devolver, mediante um argumento que fosse, a sua gravidade, e sempre era um bom momento para fazê-lo, agora por exemplo, antes que terminasse o ano. Como poderia te dizer, disse para a filha, e ficou pensando. Temo, Patricita, que tu não seja a mais observadora da família. Mas me diz, me diz, lhe pedia a filha, sem nenhum patetismo, mantendo essa reserva tão característica dela.

Escuta, disse Elisa Vicuña: os chilenos, todos os homens chilenos, falam baixinho e com um acentinho de mulher, não é? Os argentinos por sua vez gritam em grande forma: não sei o que terão na garganta, mas são como megafones. Pois bem, no princípio pode dar a impressão de que todos os argentinos são extraordinariamente viris, quer dizer, a nós pode dar essa impressão. Mas uma observação mais pausada e fina demonstra outra coisa, demonstra quase o contrário. Não percebeu? A Patri encolheu os ombros. Sua mãe continuou: É o caso do arquiteto que fez isto e dos decoradores que vêm com os donos, todos os que vieram esta manhã, por exemplo... Não vai me dizer que não notou, Patricita, esses lenços de seda rosa no pescoço, esses perfumes, essas regatas, esses ai!, esses uf! A Patri, com tudo o que tinha nas mãos, não pôde evitar um sorriso diante das imitações que a sua mãe fazia. Ela continuou:

Dito isto, tem outra questão, superposta à anterior, que é a da grana. Ter dinheiro é uma espécie de virilidade, *a única que conta na Argentina*. Nisso este país para onde a gente veio é tão estranho e único. Tanto que nos isolou do resto do mundo, ao que a gente pertence como estrangeiros, e nos manteve como reféns. É certo que tem, ou deveria ter pelo menos, outra forma de virilidade, que não precisa do dinheiro. Na posição em que a gente se encontra é difícil de conceber, é como se para isso a gente devesse voltar no tempo e no mundo, até o Chile e até algo anterior ainda. Qual é essa outra forma de virilidade? A *popular*? Não, porque o popular está subordinado, é uma forma eminentemente subordinada na hierarquia de virilidades. Melhor, é a forma *primitiva*, quer dizer, a desestatizada. A princípio seria como se fosse preciso preferir o primitivo ao popular, mas isto também pode se tornar perigoso para nós. A gente poderia chegar à conclusão de que nós, as mulheres, estamos condenadas ao primitivo, à selvageria. E isso não seria perigoso? Não é o Estado, afinal, uma salvaguarda, uma espécie de garantia, que mesmo nos remetendo ao fundo da escala, impede que a gente desapareça? As mulheres, disse a Patri, nunca vão desaparecer. Filha, respondeu vivamente a sua mãe, isso é justamente o que está em dúvida.

Mas o que tudo isso tem a ver com os fantasmas?, voltou a lhe perguntar a Patri.

Ah, os fantasmas... O que são os fantasmas? Eu te falo de argentinos e chilenos, garotinha, para me fazer entender, como nas fábulas se fala de animais. Teria que continuar falando muito tempo, disse a Patri. Não precisa, tu é inteligente. Pensa que para nós sempre existem fantasmas. Subtrai um chileno de um argentino, ou vice-

-versa. Ou soma. Faz o que quiser, está bom. O resultado vai ser o mesmo: um fantasma.

Sim, mas por que eles têm que ser maricas?

Nem sequer nesse momento supremo, nesse momento em que, intuía, se jogava a vida da sua filha adorada, Elisa Vicuña pôde impedir que a resposta fosse apenas um sorriso misterioso, o "sorriso sério".

Como o café já estava feito, e o bico da cafeteira exalava um vaporzinho fragrante, saíram as duas da cozinha. A Patri pôs a bandeja na mesa, e foi Inés Viñas que encheu cada xícara. O açucareiro passava de mão em mão atrás das xícaras. Mas estava tão bem preparado, tão cheiroso, que quase ninguém quis adoçar. A Patri tomou um gole, e esperou que esfriasse. Pensava na conversa que tivera com a sua mãe; é certo que não tinha chegado a nenhuma conclusão, pelo contrário, a dúvida havia crescido. Contudo, a conversa tinha tido um efeito em si mesma, e era nisso que pensava enquanto tomava o seu café. Porque, se dizia, o perigo não era tanto que os fantasmas que a esperavam fossem ou não um completo fiasco quanto a sua virilidade, mas que não houvesse ninguém que consentisse em falar com ela, em dar as explicações de que tanto necessitava. Mas, em um segundo movimento, a conversa tinha tido igualmente o efeito oposto, já que do que se tratava era, justamente, de passar a um estado em que não fosse necessário que ninguém se ocupasse dela, ninguém lhe desse explicações nem desse sequer isso que a sua mãe dava ao máximo, na medida do possível: o amor. E aqui, no terceiro movimento que se esboçava a partir desta conclusão, sim, se tornava importante a questão da verdadeira virilidade dos fantasmas. Pode parecer estranho que esta jovem antes ignorante, que nem sequer havia terminado o secundário, chegasse tão longe em seus pensamentos. Mas não é tão curioso quanto parece. Uma pessoa pode não ter pensado jamais na sua vida, nem uma única vez, pode ser um conjunto desorganizado de tremores e paixões fúteis, momentâneas, e, no entanto, a qualquer momento, a pedido, podem amanhecer nele ou nela as ideias mais sutis que alguma vez tenham ocorrido aos maiores filósofos. Isso, que parece tão paradoxal, na realidade acontece todos os dias. O pensamento é absorvido de outros; os outros por sua vez tampouco pensam, e o tomam de outros, e assim sucessivamente. Dir-se-ia que é um sistema que gira no vazio, mas não é tão assim, há uma ancoragem, ainda que seja difícil dizer qual é; um exemplo poderia mostrá-lo, ainda que somente no modo analógico: suponha-se uma dessas pessoas que não pensam, alguém cuja única atividade seja a de ler romances, atividade para ela muito prazerosa e na qual não põe nem uma só gota de esforço intelectual, somente o deixar-se levar pelo prazer da leitura. De repente, em algum gesto, em alguma frase, para não dizer "em algum pensamento", mostra que é um filósofo *malgré lui*. De onde lhe veio o saber? Do prazer? Dos romances? Absurdo, tratando-se desse material de leitura (se pelo menos lesse Thomas Mann). O saber vem pela via dos romances, claro, mas não exatamente deles. Não são a ancoragem, isso seria esperar demais deles; se sustentam no vazio, como todo o resto. Mas são, existem: não se pode dizer que há um completo vazio. (Com a televisão, o exemplo teria se tornado um pouco abusivo.)

Com grandes risadas e piadas os convidados tomavam o café e fumavam cigarros. Todos beberam a sua xícara de um gole e perguntaram se havia mais. Se soubesse que iam gostar tanto teria feito mais!, disse Elisa Vicuña. Contudo, na cafeteira restava para algumas xícaras, e nem todos repetiram. As crianças começaram a insistir com os foguetes, e como o Javier, que tinha trazido todo o material de pirotecnia, fizera com que os adultos esperassem, e não quis sequer lhes facilitar o acendedor, insistiam para deixarem de tomar café e para ajudá-los. Já vai, já vai, diziam. A lua banhava-os com maravilhosa brancura, que se introduzia inclusive dentro do resplendor amarelo da luzinha. Reinava um ambiente de feliz trivialidade, de olhar para o relógio e ver quantos minutos faltavam, e tudo mais. Os “homens de verdade”, pensava a Patri em seu devaneio filosófico, eram estes que tinha diante da sua vista, e nenhum outro. E não podia ser de outro modo, depois de tudo o que lhe vinha dizendo a sua mãe durante anos. Os pensamentos de Elisa Vicuña não tinham saído do pensamento para ir dar no nada. Tinham saído dos homens mesmo, tinham percorrido um círculo, dos homens aos homens, e o trajeto os tornava "de verdade", sem que o fossem necessariamente. Era quase como se acostumar com alguma coisa, inclusive com esta banalidade de depois do jantar. Pôs-se a pensar com mais detenção no problema que tinha entre as mãos, na alternativa; tratava de pôr ordem nos seus pensamentos.

Por fim os pais consentiram em ir auxiliar as crianças no acendimento dos foguetes e dos buscapés. A excitação dos pequenos subiu de nível abruptamente, ainda que um minuto antes isso teria sido considerado impossível. Roberto, que segundo a sua namorada tinha alma de criança, foi o mais interessado em ir colaborar, e mais ainda, para risos de todos os presentes, tirou do bolso uma boa provisão de foguetes que tinha trazido "se por acaso". Começaram precisamente com alguns foguetes, espoletas e bombinhas. As explosões foram muito divertidas. Provaram jogar uma bombinha na piscina, e a explosão ressoou como um desmoronamento. Mais, mais desse! Queriam muitíssimo mais estrondo. Mas o Javier propôs jogar alguns buscapés voadores. Com uma garrafa vazia faziam o tubo de lançamento. Apontavam não para uma constelação distante, mas direto para a lua. Para mim já chega, dizia Ernesto. Roberto tinha um excelente isqueiro de prata, cuja chama se graduava não somente em distintas longitudes mas em intensidade também. Raúl Viñas dizia que isso era um maçarico. Acenderam o pavio do primeiro buscapé e esperaram. Por milagre, ou porque era bem-feito, o que era tão raro ultimamente, saiu disparado em direção ao céu deixando um rastro dourado. Desta vez todos olharam. No alto explodiu uma fosforescência muito branca. Com o segundo aconteceu o mesmo, só que a explosão no alto foi vermelha, de um rosa-escuro metálico. Tinham uns maiores, mais poderosos, mas os reservavam para mais tarde. Os pequenos, Ernesto e Jacqueline, fizeram rodar umas estrelinhas.

A única que só desfrutava secundariamente da brincadeira era a Patri, ocupada pensando. Tinha-lhe ocorrido que na realidade não era necessário esperar para saber, mas que podia se adiantar mediante a dedução: deduzindo corretamente se poderia dizer o que aconteceria. Não podia deduzir nada sobre os fantasmas, porque não sabia nada deles. Mas podia sim fazê-lo com os gestos. Colocava a melhor boa vontade, chamava em seu auxílio a imaginação, os seus dotes de criadora selvagem, *naïf* caso se quiser, mas sempre chegava à mesma conclusão: ao sorriso misterioso nos lábios dos fantasmas. Era uma espécie de fatalidade que surgia dela mesma, de seu ceticismo: o sorriso misterioso como final, a barreira infranqueável.

E o que queria dizer o sorriso misterioso? Também ela podia deduzi-lo, agora ao revés. Porque qualquer um dos que estavam aqui, as mulheres sentadas, os homens acocorados com as crianças brincando com os foguetes, qualquer coisa que eles pudessem dizer ou fazer, podia terminar no sorriso misterioso. Era algo ao alcance de todos. Depois, a vida inteira, com as suas infinitas conclusões, era a dedução, a genealogia, o sorriso misterioso.

Roberto e Javier, enquanto Raúl Viñas tinha se afastado para voltar a encher o seu copo e tomar (o que o obrigaria a voltar a enchê-lo, mas isso já era coisa sua), puseram um dos buscapés realmente poderosos em uma garrafa para lançá-lo, e decidiram que apesar das chispas teriam de segurar a garrafa ao menos com a mão coberta com um guardanapo para impedir queimaduras, pois de outro modo, tão grossa era a vara do dispositivo e tão grande e pesada a cabeça, poderia cair antes de partir. Fizeram assim, aproximaram do pavio o isqueiro aerodinâmico do Roberto, e gritaram pedindo atenção. O buscapé partiu, magnífico e triunfante, com um largo rastro ou jorro de chispas rumo ao céu estrelado e já cheio de fogos artificiais em todos os quadrantes da cidade. Ao passar o buscapé junto à grande antena parabólica do edifício, sua luz deixou ver dois fantasmas erguidos no ar da noite, um perfeitamente vertical, o outro apenas em ângulo, a cabeça atrás da cabeça do primeiro. Era a hora:

meia-noite menos cinco, mais ou menos. Ficariam perfeitamente em linha, um atrás do outro, colados, quando fosse meia-noite. Javier e Roberto sorriram e sussurraram uma observação obscena a respeito dessa posição; quase de imediato, levados por uma comum associação de ideias, os dois olharam para a Patri, que estava sentada muito tesa, sem olhar para nada, pálida como um papel, cadavérica, tão magra e esquelética que poderia ser tomada por um impressionante manequim de madeira.

Ao seu redor, as mulheres falavam das decisões para o ano, as promessas e as esperanças, que às vezes se confundiam. Para Inés seria o principal ano da sua vida, dizia, o do seu casamento. As outras assentiam: depois seria "faz um ano, faz dois, faz dez"; este seria o marco. E para a Carmen, claro, mais repetido mas não menos importante, seria o ano de outro filho. Os anos, diziam, se jogavam, e as crianças eram os anos, que surgiam da terra como pequenas borboletas inconsequentes a voar ao impulso das brisas dos dias e das semanas e dos meses...

De repente, começaram a soar as sirenes. Já ia dar meia-noite. Os homens acenderam depressa um rastilho de foguetes que começaram a explodir como uma regozijante metralhadora. Antes que se extinguissem, a Patri tinha se levantado e se dirigia ao fundo. O seu passo se tornava mais e mais veloz, sem chegar a correr. Todos e cada um se deram conta do que se propunha a fazer, e, longe de se paralisar pela surpresa, se levantaram por sua vez e foram em sua direção para detê-la: as mulheres, os homens e as crianças, todos gritando entre a explosão de foguetes próximos e distantes e o florescer no céu de milhares de fogos artificiais. É claro que não a alcançaram, ainda que tenha faltado pouco. A Patri saltou no vazio. Isso foi tudo. A família inteira estacou na borda, no mesmo extremo, mudos como se o coração, pela inércia da corrida, tivesse saltado também. Na queda, os grossos óculos da Patri se desprenderam de sua cabeça e seguiram caindo paralelos a ela. Um fantasma saído quem sabe de onde recolheu-os no ar, intactos, antes que fizessem impacto no solo, e subiu como que impulsionado por uma suave mola até a borda do último andar, onde parou diante dos familiares surpreendidos pela tragédia. Estendeu a mão com os óculos para Raúl Viñas, que esticou uma mão e pegou-os. O homem e o fantasma se olhavam fixo.

13 de fevereiro de 1987

Impressão e Acabamento:
Intergraf Ind. Gráfica Eireli